Diane Or

GW01466415

ullstein

Als Seelsorger im Ruhestand kümmert Monsieur Haslinger sich hin und wieder noch um die deutsche Gemeinde in Brüssel. Doch er lebt allein, hat sich in der Einsamkeit eingerichtet. Er genießt die schöne Stadt, die Märkte, die kleinen Straßen. Bis Madame Janssen ins Nachbarhaus zieht und ihn mit ihrer Lebensfreude ansteckt. Beide verbindet die Liebe zu allem, was grünt, zu anregenden Gesprächen und gutem Essen. Madame Janssen spricht schließlich aus, wie sehr sie den attraktiven Geistlichen mag, und bittet ihn, mit ihr an die Nordsee zu reisen, in das Sommerhaus ihrer Familie. Dort geschieht, was der zölibatär lebende Monsieur Haslinger nie erwartete: Sie lieben sich. Für ihn ist es das erste Mal, und erstmals in seinem Leben liebt er eine Frau wahrhaftig. Doch Madame Janssen hat ein Geheimnis.

MARTIN EHRENHAUSER, geboren 1978 in Linz, ist ehemaliger EU-Abgeordneter und Sachbuchautor. Seine Publikationen und investigativen Recherchen führten zu internationalem Medienecho. Er lebt mit seiner Familie in Brüssel und Linz.

Martin Ehrenhauser

Der
LIEBENDE

Roman

Ullstein

Besuchen Sie uns im Internet:

www.ullstein.de

Wir verpflichten uns zu Nachhaltigkeit
- Papiere aus nachhaltiger Waldwirtschaft und anderen kontrollierten Quellen
- ullstein.de/nachhaltigkeit

FSC
www.fsc.org

MIX
Papier | Fördert
gute Waldnutzung
FSC® C021394

Ungekürzte Ausgabe im Ullstein Taschenbuch
1. Auflage November 2024
© Ullstein Buchverlage GmbH, Berlin 2023 / List Verlag
Wir behalten uns die Nutzung unserer Inhalte für Text und Data
Mining im Sinne von § 44b UrhG ausdrücklich vor.
Umschlaggestaltung: zero-media.net, München, nach einer Vorlage von
bürosüd° GmbH, München
Titelabbildung: © Sybille Stark | ArcAngel Images, @ Roberta Murray |
ArcAngel Images
Gesetzt aus der Albertina powered by *pepyrus*
Druck und Bindearbeiten: ScandBook, Litauen
ISBN 978-3-548-06974-6

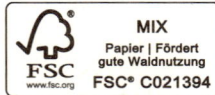

Für Alexandra

Teil 1

I

In einer Nacht im Juni lag Monsieur Haslinger wach im Bett und lauschte durch die offenen Fenster in den Hinterhof. Die neue Nachbarin feierte ein Fest. Er hörte Musik und die Gespräche der Gäste, die auf der Terrasse rauchten. Ihre Stimmen waren bemüht leise, nur ein Mann sprach unbedacht laut.

Jemand öffnete die Terrassentür. Die Musik schallte nun deutlich hörbar aus der Wohnung – vermengt mit Gelächter und Gläserklirren. Eine Frau bat alle auf die Tanzfläche. Sie tat es fröhlich und bestimmt zugleich. Ob das die neue Nachbarin war?

Die Gäste verließen die Terrasse und schlossen die Tür. Die Stille der Nacht war fast zurück. Ein leichter Lufthauch fing sich im Vorhang, bauschte ihn auf, legte ihn sachte zur Seite, um ihn sofort wieder in die Höhe zu treiben. Monsieur Haslinger stand auf, ging durch das nachtdunkle Zimmer, ergriff eine Vorhangfalte, rückte alles zurecht und blickte bei der Gelegenheit schräg hinüber, wo ein farbenfrohes Partyleben seine Kreise zog.

Wie es wohl wäre, wenn ich hinübergehen und mich mit ihnen ins Gemenge stürzen würde? Er musste schmunzeln bei dem Gedanken.

Still zog er den Vorhang zu und ging zurück ins Bett, wo er in abgeschiedener Weise weiter an dem Fest teilnahm. Irgendwann merkte er, dass er einschlief oder schon eingeschlafen und wieder aufgewacht war. So genau wusste er es nicht. Er blickte auf die Uhr. Es war drei Uhr nachts. Zwei Stunden hatte er geschlafen. In einem Zustand zwischen Schlaf und Erwachen stieg er aus dem Bett, trat auf den Balkon und atmete frische Luft. Der Hinterhof lag sanft und still da, aber es war nicht dunkel, weil der Mond hell schien und auf der menschenleeren Terrasse der neuen Nachbarin noch bunte kleine Lichter brannten.

»Waren wir zu laut?«, hörte er plötzlich eine Frauenstimme flüstern.

Monsieur Haslinger blickte sich um. Er konnte sie nicht sehen, ahnte aber, woher die Stimme kam. Erst als die Frau mit einem Tablett in den Händen aus einem dunklen Winkel in den Schein der grünen, roten und gelben Glühbirnen trat, nickte er ihr zu.

»Haben wir Sie geweckt?«, fragte sie weiter.

»Sie nicht, die Stille«, antwortete Monsieur Haslinger.

»Das beruhigt mich.«

Die Frau sammelte Gläser und Flaschen auf der Terrasse ein. Als das Tablett voll war, stellte sie es ab, setzte sich auf einen Stuhl und blickte in den Hinterhof.

»Hatten Sie ein schönes Fest?«, fragte er.

»Ja, es war schön.«

»Sie haben getanzt?«

»Wie ein Teenager.«

Monsieur Haslinger ließ seinen Blick über die Dächer gleiten. Die vielen alten Schornsteine ragten wie Orgelpfeifen in den Brüsseler Mondhimmel.

»Tanzen Sie auch?«, hörte er sie leise fragen, und er freute sich, dass sie das Gespräch weiter am Laufen hielt.

»Vor dreißig Jahren habe ich es mal versucht, damals schon recht erfolglos. Heute würde ich mit meinen Bewegungen die Menschen erschrecken.«

»Ich hätte Sie einladen sollen.«

»Als Attraktion?«

»Für die Mitternachtseinlage.«

»Beim nächsten Mal vielleicht.«

»Ja, beim nächsten Mal vielleicht.«

Die Frau drehte das Licht aus. Es wurde dunkler, und sie war mit einem Mal nicht mehr zu sehen. Die Sterne funkelten dafür umso klarer am Himmel. Sie schwiegen beide, und nach einem langen Moment fragte sich Monsieur Haslinger, ob die Frau schon zu Bett gegangen war. Aufmerksam lauschte er in die Stille. Dann sagte er: »Es ist eine schöne Nacht.«

»Ja, das ist sie«, hörte er sie antworten. Und er war glücklich, dass sie noch da war.

2

Vom Hôpital Saint-Pierre in der Innenstadt, wo er ehrenamtlich deutschsprachigen Patienten seelischen Beistand geleistet hatte, ging Monsieur Haslinger zu Fuß nach Hause. Er spazierte nach Porte de Hal, vorbei an den Resten der mittelalterlichen Stadtmauer, querte die Ringstraße und marschierte die Chaussée de Waterloo hinauf nach Saint-Gilles. Die Straße war steil und lang, doch er ging ohne Pause und blieb erst an der Barrière stehen, wo der Verkehr von sieben Straßen hektisch in einen Kreisverkehr mündete. Während er an der Ampel wartete, blickte er verwundert auf eine Statue, die in der Mitte des Rond-Point auf einem Steinbrunnen stand. Es war eine barfüßige Wasserträgerin. Ihr Haar war verhüllt von einem Kopftuch, und ihr Gesicht hatte weibliche schöne Züge.

Die Ampel sprang von Rot auf Grün. Erstaunt, dass ihm die Statue zuvor nie aufgefallen war, ging er hinauf bis nahe an den höchsten Punkt von Brüssel. Am Rathausplatz, im Schatten der Platanen, machte er Rast. Durch die Baumkronen betrachtete er den neugotischen Prachtbau und die vier goldenen Engel unter dem Kuppeldach des Uhrturms. Als das Glockenspiel zu läuten begann, sah Monsieur Haslinger auf die Uhr und ging weiter nach Ixelles, wo er wohnte.

Zehn Minuten später betrat er sein Haus. Über hundert Jahre

war es alt, und oberhalb der Holztür gab es ein kleines rundes Fenster aus buntem Glas. Von dort fiel Licht auf die schmale Treppe, die ihn hinauf zu seiner Einzimmerwohnung führte. Er schloss die Tür auf, legte den Schlüssel ab und setzte sich auf einen Stuhl – erschöpft vom Spaziergang, aufgewühlt von der Seelsorge, aber auch glücklich darüber, dass er heute gebraucht worden war.

Nach einem Moment der Erholung streifte er die Schuhe ab und raffte sich auf, um die Blumen zu gießen und zu Abend zu essen. Er stellte seine Budapester auf die Schuhmatte, legte die Schuhspanner ein, ging zur Balkontür, schob den Vorhang beiseite, als – in dem Moment doch überraschend – er in seiner alltäglichen Bewegung innehielt.

Er sah die Nachbarin auf der Terrasse. Sie lag in einem Liegestuhl, neben einem Zitronenbaum, der schmächtig aus der Erde ragte. Auf einem Beistelltisch stand ein halb leeres Sektglas. Die Ärmel ihrer Bluse hatte sie bis weit über die Ellbogen geschoben, die Hosenbeine nach oben gestülpt, Schuhe und Socken ausgezogen, sodass Monsieur Haslinger ihre nackten Arme und Füße erkennen konnte. Sie las kein Buch, auch keine Zeitung. Sie telefonierte nicht, sie lag einfach da.

Ihre Gelassenheit rührte ihn. Der Anblick schien ihm der perfekte Ausklang für seinen Tag. Es erinnerte ihn daran, warum er als Pfarrer im Ruhestand der Seelsorge nachkam. Er erweckte etwas zum Leben, so dachte er, und in dieser Frau strahlte nun dieses zum Leben Erweckte auf ihn zurück.

Lächelnd löste er seinen Blick von ihr und beschloss, die Blumen auf seinem Balkon nach dem Abendessen zu gießen, um ihre Ruhe nicht mit dem geräuschvollen Öffnen der Tür und seiner Anwesenheit zu stören.

Aus der Schublade nahm er ein Tischtuch, breitete es über dem Mahagonitisch aus, holte einen Teller, Silberbesteck und ein Kristallglas aus der Altwiener Vitrine, stellte das Geschirr ab und prüfte, ob alles hübsch zusammenpasste. Danach ging er in die Küche, holte Baguette vom Vortag, Comté und eine Tomate, dazu eine Flasche Blauer Zweigelt aus der Wachau, die er bei seinem letzten Heimatbesuch aus Österreich mitgebracht hatte. Im Sitzen betrachtete er die Zutaten, sog deren Duft ein und sprach ein Tischgebet, in dem er sich leise für die Aufgabe bedankte, die seinen Tag mit Sinn bereichert hatte. Dann begann er zu essen.

Während er aß, fiel die Sonne ins Zimmer. Das heiße Licht funkelte im Glas und brannte auf seinem Rücken. Es dauerte nicht lange, bis er sein feuchtes Hemd an der Rückenlehne fühlte und sich nach Frischluft sehnte.

Er legte Gabel und Messer beiseite, tupfte mit der Serviette seine Stirn trocken und überlegte, ob er die Balkontür doch öffnen sollte. Unschlüssig saß er da und streifte mit der flachen Hand über das Tischtuch, unter dem das rotbraune und schön gemaserte Mahagoniholz schimmerte. Schließlich erhob er sich und schielte durch die Gardinen.

Die Nachbarin lag noch immer im Liegestuhl. Er sah ihren Kopf mit den schlohweißen langen Haaren. Schön und anmutig sah sie aus, wie eine Dame, die mit sich und der Welt zufrieden war. Monsieur Haslinger setzte sich wieder und aß weiter, damit sie noch länger diese Ruhe ausstrahlen konnte.

3

Auch der nächste Abend endete für Monsieur Haslinger in seinem ruhigen Hinterhof. Ein sanfter Wind blies. Er trieb polsterartige Wolken von der Nordsee über die Bürgerhäuser und gut gepflegten Gärten. Monsieur Haslinger stand auf dem Balkon. Er atmete die Meeresluft, hörte die Baumkronen rascheln und ließ einen fürsorglichen Blick über seine Blumen streifen. Er besah die Fuchsie, die sich an das Spalier krallte. Die lila Zauberglöckchen, die in einer Blumenampel von der Decke baumelten. Und die buschigen Geranien, die farbenfroh über das Balkongeländer hingen.

Am Boden, in Tontöpfen, eng gereiht auf den marokkanischen Zementfliesen, standen die Margeriten. Er kniete sich nieder, klaubte eine Raupe von einer Blüte und zupfte vertrocknete Blätter von den Stielen. Dann nahm er eine Gießkanne, ging in die Küche, hielt sie unter den kühlen Wasserstrahl, kam zurück, kniete sich wieder nieder und goss die trockene Erde. Sobald er sich bewegte, spürte er die Tageshitze, deren Rest hartnäckig zwischen den Hausmauern stand. Lächelnd lauschte er den Amseln. Sie zankten in der Esche, die sich in der Hofmitte in den Himmel streckte.

Nach einer Weile traten Menschen ins Freie. Zuerst war französisches, dann flämisches Gemurmel zu hören. Es kam aus der Richtung, in der die Wohnung der neuen Nachbarin lag. Monsieur Haslinger überlegte, ob sie es war und ob er aufstehen, sich zeigen und sie höflich grüßen sollte. Doch er tat es nicht. Er wollte nicht aufdringlich sein. Stattdessen goss er weiter seine Pflanzen, entfernte dürre Blütenblätter, düngte die Erde und überprüfte jeden Zentimeter nach Ungeziefer.

Als er die Begonie ein zweites Mal goss, erkannte er, dass er nicht bei der Sache war, sondern in Gedanken bei der Frau. Er wusste, dass allein ein Blick auf ihre Terrasse seine Unkonzentriertheit beenden konnte, deshalb richtete er sich unauffällig auf, drehte sich zur Seite und warf einen beiläufigen Blick hinüber. Die Nachbarin war nicht zu sehen. Ihre Terrasse war leer und die Tür verschlossen. Das Gemurmel kam von der Dachterrasse nebenan.

Für einen Augenblick blickte er in ihre Wohnung. Viel war nicht zu erkennen. Ein marmornes Kaminsims, ein Bild mit abstrakten dicken Pinselstrichen und eine Stehlampe, die sich elegant über ein Sofa bog. Sein Blick schweifte über ihre Terrasse. Dort standen Blumen in vielen Töpfen, die in Material, Farbe und Form aufeinander abgestimmt waren. Alle standen in der Sonne, nicht verteilt nach den Lichtbedürfnissen der Pflanzen.

Aus der Distanz versuchte er ihren Zustand zu erahnen, und ihm war, als ob einige bereits durstig die Blätter hängen ließen. Hoffentlich gießt sie bald, dachte er und wandte sich wieder seiner Tätigkeit zu.

Wenig später begann es zu dämmern. Er fühlte die angenehme Kühle auf seiner Haut und blickte auf die Flecken der Abendsonne, die auf den Fassaden der Bürgerhäuser leuchteten. Manche waren blutorange, andere strahlend gelb. Dabei war die Sonne nicht mehr zu sehen und der Himmel über den Dächern bereits ins Malvenfarbene übergegangen.

Leicht erschöpft ging er ins Bad, wusch sich die Hände und zog sich aus. Die Baumwollhose und das weiße Hemd hängte er ordentlich über den Herrendiener, dann duschte er und zog seinen

Schlafanzug an. Vor dem Schlafengehen ging er in die Küche, kochte Tee aus frischer Minze, setzte sich mit der Tasse auf den Balkon, zwischen seine prächtigen Blumen, und blickte in den Hinterhof.

Viele Fenster waren erleuchtet, dahinter bewegten sich Menschen, unterhielten sich, lebten miteinander. Die zweistöckige Wohnung der neuen Nachbarin war dunkel und wirkte leer. Hoffentlich kommt sie bald nach Hause und kümmert sich um ihre Blumen, dachte er noch mehrmals, bis er ausgetrunken hatte und ins Bett gegangen war.

4

Mit dem Bedürfnis, unter Menschen zu sein, verließ Monsieur Haslinger seine Wohnung und ging auf den Markt. Im Leinensakko spazierte er die Rue Franz Merjay hinunter, vorbei am Café Chez Franz und weiter zum Place du Châtelain, wo er zwischen den eng gereihten Marktständen durch die Menschenmenge schlenderte. Er betrachtete Schnittblumen aus Gent, die in großen Kübeln schön präsentiert wurden. Er kostete Trappistenkäse aus Antwerpen und genoss die vielsprachigen Stimmen der Händler, die sich zu einer heiteren Klangwolke vermengten.

Neben einer Crêperie nahm er Platz auf einer Parkbank und beobachtete das Treiben. Ein alter Mann mit Hut ging langsam an ihm vorbei. Ein Händler packte zusammen und schob die leeren Kisten auf einen Sackkarren. Ein junges Paar in Sommerkleidung setzte sich neben ihn. Sie umarmten und küssten sich und flüsterten einander ins Ohr. Unvermittelt musste er über das Alleinsein nachdenken und darüber, dass man sich auch unter vielen Menschen einsam fühlen konnte.

»Monsieur Haslinger!« Jemand rief seinen Namen und riss ihn aus der Versunkenheit.

Er drehte sich um und sah den berühmten französischen Autor, der in seiner Straße wohnte, dessen Namen er sich aber partout nicht merken konnte. Der bullige, braun gebrannte Mann mit Glatze führte seinen Hund an der Leine und kam zu ihm.

»Kein Pfarrdienst heute?«

»Ich bin doch schon emeritiert, ich arbeite nur noch ehrenamtlich im Krankenhaus, wenn es Sprachbarrieren gibt und mein Freund mich darum bittet.«

»Tatsächlich?«

»Ja.«

»Und? Wie gefällt Ihnen das Pensionistenleben?«

»Sehr gut«, sagte Monsieur Haslinger, obwohl er das Gefühl hatte, zu viel Zeit zum Nachdenken zu haben, als würde sein Leben ohne Arbeit gerade etwas ins Wanken geraten.

»Möchten Sie eine Erdbeere?« Der Schriftsteller hielt ihm eine Tasse hin. »Die sind aus Wépion.«

Monsieur Haslinger nahm eine, betrachtete sie, biss hinein und genoss den süßen, reifen Geschmack.

»Nicht so bescheiden. Greifen Sie zu.«

Er nahm eine zweite, die ein noch intensiveres Aroma hatte. Eine Weile plauderten er und der Schriftsteller über das ungewöhnlich heiße Wetter, das man in Brüssel normalerweise in Tagen zählte, nicht in Wochen, so wie in diesem Jahr. Dann ging der stolze Mann weiter, und auch Monsieur Haslinger drehte eine zweite Runde.

Am Ende des Marktes, an der Kreuzung, blieb er stehen und ließ einen Bus vorbeifahren. Dabei fiel sein Blick auf einen Müllsack an der schattigen Rückseite eines Gemüsestandes. Der Sack war nachlässig zusammengebunden, oben ragten die kahlen Äste einer Birkenfeige aus der Öffnung. Und weil Monsieur Haslinger nicht mitansehen konnte, wie Menschen wertvolles Leben wegwarfen, kniete er sich auf den Pflasterstein und öffnete den Knoten.

Der Müll stank abscheulich. Monsieur Haslinger rümpfte die Nase, griff hinein und begann vorsichtig an einem Ast zu zupfen. Das Wurzelwerk war verhakt. Der Blumenstock löste sich nicht, und für einen Augenblick war Monsieur Haslinger über die Menschen verzweifelt, die keine Muße mehr hatten, ihre Pflanzen zu pflegen.

Einen sanften Ruck später war die Birkenfeige befreit, und fürsorglich murmelte er beruhigende Worte für sich und das Pflänzchen. Er wollte gerade aufstehen, um es nach Hause zu bringen und einzupflanzen, als jemand neben ihn trat.

Noch auf Knien blickte er hoch und sah die neue Nachbarin, die ihn mit herzlicher Freude beobachtete.

Monsieur Haslinger sah sich selbst durch ihre Augen, wie er zwischen Gemüseresten und Kaffeefiltern am Boden kniete und mit einer Pflanze sprach. Um ihr zu beweisen, dass er sehr wohl wusste, wie man sich benahm, stand er auf, grüßte sie höflich und bat um Verzeihung, dass er ihr nicht die schmutzige Hand reichen konnte.

»Sie haben schöne Blumen«, sagte die Frau in reinem Französisch.

Monsieur Haslinger war sich unsicher, ob er sie richtig verstanden hatte. Trotzdem hielt er sein Fundstück, die kahle Birkenfeige, ins Sonnenlicht, sodass sie beide den Schatz betrachten konnten. »Gefällt sie Ihnen?«

Sein Gegenüber lachte auf. »Ich meinte die Geranien auf Ihrem Balkon.« Sie benutzte ihre Worte, als wollte sie ihn mit einer Feder kitzeln. Das Lächeln blieb in ihren Augen, und Monsieur Haslinger verstand, dass sie ihn ein wenig auf den Arm nahm. Er beschloss mitzuspielen.

»Chère Madame«, sagte er, »man macht sich nicht über einen alten Spinner lustig.« Noch im Reden stellte er das Pflanzengerippe zu Boden, zog ein Taschentuch aus der Hosentasche und begann sich die Finger zu säubern.

»Sind Sie denn einer?«

»Was?«

»Na, ein alter Spinner.«

Monsieur Haslinger musste lachen. »Hin und wieder. Sie etwa nicht?«

»Doch, doch, immer wieder einmal«, sagte sie nun auf Flämisch, weil sie wohl seinen deutschen Akzent wahrnahm und dachte, er sei Flame.

Ein kurzer Moment der Stille entstand. Er nutzte ihn, um die Frau aus der Nähe zu betrachten. Sie war groß, nur wenig kleiner als er. Ihr Gesicht war klug und kaum geschminkt. Ihr selbstbewusster Blick schien anzudeuten, dass sie sich auf der ganzen Welt zu Hause fühlte und sie Dinge erlebt hatte, die andere Menschen nur aus dem Fernsehen kannten. Ihre Augen waren tiefblau, genau wie seine. Er fand etwas Weiches in ihnen, einen Zartsinn, den er sofort mochte.

Die Stille drohte zu lang zu werden, und er sprach weiter, auf Französisch, weil sein Flämisch weniger schön klang. »Die Geranien sind auch Zeugen meiner Spinnerei. Ich fand sie vorletzten Winter schneebedeckt auf der Chaussée de Waterloo, neben dem englischen Teegeschäft.«

»Ein Blumensamariter. Wie nett«, legte sie eine kleine Spitze in ihre Worte, nur um sie im Anschluss sofort zu entschärfen. »Na ja, Ihre Spinnerei ist zumindest lobenswert.«

»Ihre etwa nicht?«

Sie lachte. »Leider nicht immer«, sagte sie. Ihr Ton hatte sich geändert. Er war ernster geworden.

Monsieur Haslinger hätte sich gern weiter unterhalten und ein jähes Abschiednehmen vermieden, doch seine Nachbarin reihte sich bereits in den Strom der Passanten ein und verschwand so spontan, wie sie aufgetaucht war.

5

Im Waldpark Duden, am östlichen Eingang, stand ein altes Pförtnerhäuschen. Es war ungenutzt, hatte einen Turm mit Glockendach, und an der Vorderseite führte eine schmale Steintreppe zu einer rot lackierten Holztür. Monsieur Haslinger bewunderte das Gebäude, das zu einer innigen Verbindung aus Ziegelstein und Blumen verwachsen war und würdevoll unter dem blauen Himmel stand. Ein schönes Haus, dachte er.

Vom gusseisernen Eingangstor spazierte er weiter zu den Waldwegen, die sich in Schleifen durch das schattige Gehölz schlängelten. Dabei lauschte er dem Vogelgezwitscher, und er beobachtete Kinder, die aufgeregt auf den sonnigen Wiesen spielten, die sich zwischen den hohen Bäumen auftaten.

Am Ende des Weges, auf dem Plateau, machte er Pause. Er blickte in den von wenigen hellen Streifen durchkreuzten Himmel und setzte sich auf eine Bank, von der er die Stadt überblicken konnte: Über Saint-Gilles zum Palais de Justice mit der goldenen Kuppel, zum Stadtzentrum und zum Rathausturm am Grande Place, selbst das Atomium im fernen Norden konnte er erahnen, so klar war die Sicht.

Bevor er weiterging, zog er eine kleine Metalldose aus seinem Jutesack. Er öffnete sie, nahm und aß Apfelspalten und Nüsse. Spatzen setzten sich zu ihm. Er warf ein Stück auf die Kieselsteine, und die Vögel stürzten sich darauf. Sie zankten sich, und er warf ihnen weitere Nüsse zu, sich selbst gönnte er eine Praline von Pierre Marcolini.

Mit dem Geschmack der Schokolade auf den Lippen und der warmen Sonne auf der Brust dachte er an die neue Nachbarin. Wie es wohl wäre, wenn sie gemeinsam durch den Park spazierten? Wenn sie zusammen hier säßen und über die Stadt blickten?

Er stand auf, um nach Hause zu gehen. Er nahm den üblichen Weg über den angrenzenden Parc Forest mit seinen zerfurchten Wegen, die ihn in sanfter Neigung bergauf führten. Von dort ging er auf Pflastersteinen zur Avenue Brugmann, querte sie bei Ma Campagne und verschwand im Parc Abbé Froidure.

Am Parkausgang, an der letzten Kreuzung vor seiner Wohnung, blieb er stehen. Nach einem Moment des Zögerns bog er anders ab als nötig. Er wollte einen Umweg nehmen und begann den gesamten Häuserblock zu umrunden.

Nach der zweiten Ecke sah er das Haus der Nachbarin. Es war aus der Ferne leicht zu erkennen, weil neben der hohen Eingangstür aus einem kleinen Beet im Trottoir ein kräftig blühender Blauregen wuchs, der sich an die Fassade krallte. Bis zur ersten Etage bedeckte er das Haus, sogar die Jugendstilornamente waren von den Blütenglocken überwuchert. Die ganze Fassade war ein einziger Garten in leuchtendem Lila.

Monsieur Haslinger blickte sich kurz um. Als er niemanden sah, trat er auf den Eingang zu, den Blick unverwandt auf die Türschilder gerichtet. Es waren zwei, aus Messing, mit Gravur. Gleich konnte er ihren Namen lesen. Drei Schritte noch.

Die Haustür öffnete sich.

O Gott, war das die Frau? Bitte nicht, dachte er. Wenn sie fragte, was er hier mache, was sollte er sagen? Die Wahrheit? Das ging nicht. Er war doch ein schlechter Lügner.

Monsieur Haslinger eilte an der Tür vorbei, bevor er jemandem in die Augen blicken musste. Im Gehen hörte er Schritte. Es waren harte Schritte, keine Frauenschritte, und er sah aus dem Augenwinkel einen unbekannten Mann – stark, kräftig, gesund –, der leichtfüßig an ihm vorbeilief, ohne ihn zu beachten.

Seine Aufregung verschwand. Die Neugierde jedoch blieb. Und als er seine Haustür erreichte, hielt er nicht an, sondern ging abermals um den Häuserblock, bis er wieder vor ihrer Tür stand.

Kein Mensch war zu sehen, und er wagte einen eiligen Blick auf das obere Namensschild.

Elise Janssen, las er.

Ob das ihr Name war?

Elise Janssen?

6

Am Abend saß Monsieur Haslinger am Esstisch in der Mitte seines Einzimmerapartments, zwischen Bücherregal und Bett. Er hatte die Hände gefaltet und sprach leise ein Gebet. Seinen Blick richtete er auf das Marienbild, das vor ihm stand. Es war eine wunderschöne Darstellung der Mutter Jesu, mit zarten Zügen und weichen Formen. Er bedankte sich bei ihr für den erfüllten Tag und bat um Gesundheit für die Menschen, die ihm nahestanden.

Während er sprach, begann es zu regnen. Monsieur Haslinger hob den Kopf und blickte durch die offene Tür auf den Balkon. Er sah dicke Tropfen, sie platschten auf die Fliesen, auf die Stühle, auf die Blumen. Kurz konnte er einzelne Tropfen zählen, bis der Himmel seine Schleusen zur Gänze öffnete und ein gewaltiger Sommerregen niederprasselte.

Monsieur Haslinger stand auf und ging zur Balkontür. Um nicht nass zu werden, blieb er einen Halbschritt im Zimmer stehen und neigte den Kopf in den düsteren Himmel. Wolkenberge zogen im Tiefflug über den Hinterhof. Ihre Wassermassen ergossen sich über den Häusern, rauschten die Dachziegel hinunter und wirbelten durch die Dachrinnen. Die Bodenfliesen dampften, die Blumenerde und die Pflanzen rochen, und alles Leben im Hinterhof hatte sich zurückgezogen. Keine Katze, kein Vogel, kein Mensch war zu sehen. Auch die Terrasse seiner Nachbarin war menschenleer und ihre Wohnung finster.

Gott sei Dank waren ihre Fenster geschlossen, dachte er, während er sorgenvoll hinüberblickte.

Ihr Name kam ihm in den Sinn: Elise Janssen. Hoffentlich musste die Arme nicht durch den Regen laufen.

Die Luft zog kühl ins Zimmer, das nun dunkler erschien als zuvor. Monsieur Haslinger schaltete das Licht an und setzte sich zurück an den Tisch. Abermals blickte er auf das Marienbild, an dem jeder Pinselstrich durchleuchtet wirkte, als wäre er selbst von einer heiligen Hand gemalt worden.

Er begann das Abendgebet fortzusetzen. Doch sosehr er sich bemühte, seine Konzentration war verflogen. Er fand keinen klaren Gedanken. Weil er ahnte, dass ihn die Unruhe nicht loslassen würde, ehe er sie gestillt hatte, schob er das Marienbild beiseite, zog sein altes Notebook aus der Tischlade, klappte es auf und startete das sperrige Gerät. Der Bildschirm begann zu leuchten. Er tippte mit zwei Fingern Elise Janssen in die Suchleiste und drückte die Eingabetaste. Die Seite lud nicht sofort. Er musste warten. Dabei wurde aus seiner Neugierde eine Spannung, die er an sich nicht kannte.

Die vielen Suchergebnisse flimmerten auf. Die Namen der meisten Internetseiten sagten ihm nichts. Die Seite des belgischen Außenministeriums klickte er an. Ein Foto von Madame Janssen erschien. Jung und streng sah sie darauf aus. Daneben war stichwortartig der berufliche Teil ihres Lebens beschrieben.

Er begann zu lesen.

Sie war in Kenia geboren, als Tochter eines belgischen Diplomaten. Sie war sechs Jahre jünger als er und hatte Rechtswissenschaften und Afrikanistik in Paris studiert, ehe sie für die belgische Regierung zu arbeiten begann. Sie war Botschafterin in Japan gewesen und hatte für einige Jahre die EU-Delegationen im Südsudan und auf Haiti geleitet. Jetzt war sie pensioniert.

Im Südsudan tobte doch ein Bürgerkrieg?, fragte er sich. Und auf Haiti? Hatte es dort nicht ein fürchterliches Erdbeben gegeben?

Monsieur Haslinger war beeindruckt von ihrem Werdegang, er blickte noch einmal auf ihr Bild und beendete seine Recherche. Er sah noch nach, ob er Mails bekommen hatte, dann klappte er das Gerät zu und legte sich aufs Bett.

Sein Blick fiel auf die Lithografien an der weißen Wand gegenüber. Seine Geburtsstadt Wien war darauf abgebildet – die Votivkirche, die Staatsoper, die Hofburg. Sein eigenes beschauliches Leben wurde ihm mit diesen Bildern vor Augen geführt, und er begann nachzudenken. Darüber, dass er niemals in Krisengebieten gewesen war und lediglich in Wien und Brüssel gelebt hatte, in Städten mit hoher Lebensqualität und ohne Gefahren. Auch darüber, dass er zwar heftig kritisierte Predigten für die Gleichberechtigung der Frauen und Homosexuellen in der katholischen Kirche gehalten hatte, aber niemals etwas riskiert hatte. Nicht seine Freiheit. Nicht sein Leben. Nicht seine privilegierte Anstellung. Er war eben kein Abenteurer, kein Held, kein Weiser, dachte er und war trotzdem dankbar. Dafür, was ihm das Leben geschenkt hatte. Und dafür, dass diese weltgewandte Frau seine neue Nachbarin war.

7

In dem Backsteinhaus am Straßenende hatte vor einigen Wochen
ein Buchladen eröffnet. Monsieur Haslinger ging vorbei, blieb stehen, kehrte um und blickte durch das Schaufenster. Er sah keine
Kunden, und weil er es schön fand, einen Buchladen in der Nachbarschaft zu haben, trat er ein, um das Geschäft mit einem Einkauf
zu unterstützen.

»Bonjour.«

Niemand war zu sehen.

»Bonjour, Monsieur«, hörte er.

Der Inhaber tauchte auf. Ein junger, dürrer, hochgewachsener
Mann mit schwarzem T-Shirt und ebenso schwarzen langen Haaren. »Kann ich Ihnen helfen?«

»Danke. Ich sehe mich nur um.«

Der Mann formte seine Lippen zu einem Lächeln und tauchte
wieder geschäftig zwischen den Regalen ab. Ein sympathischer
Junge, dachte Monsieur Haslinger und begann an den Wälzern
über Theologie, Philosophie und Recht vorbeizuschlendern, die
früher sofort seine Aufmerksamkeit auf sich gezogen hätten. Vor
einem Bildband über französische Gartenkunst blieb er stehen
und schmökerte durch die Aufnahmen. Er sah geometrisch geschnittene Hecken, Irrgärten mit verzweigten Kieswegen, pom-

pöse Steinbrunnen, barocke Figurengruppen und endlose Baumalleen, die in sternförmigen Schneisen zusammengeführt waren.

Als er gerade umblätterte, wurde sein Blick von einem bunten Kleid vor dem Schaufenster angezogen. Eine Frau lief auf der anderen Straßenseite vorbei, und er folgte dem tiefen Blau mit kreisrunden gelben und roten Mustern mit den Augen. Der Stoff war so lebensfroh, die Farben so intensiv und die Formen derart lebendig, dass ihn das Kleidungsstück an die kongolesischen Damen in den Friseursalons von Brüssels Matongé erinnerte.

Er lächelte, stellte den Bildband zurück und schlenderte weiter durch den hohen, hellen Raum mit dem naturbelassenen Dielenboden. Auf einem Tisch fand er signierte Bücher. Das Bild von seinem Nachbarn, dem Schriftsteller, war auf der Rückseite zu sehen. Er nahm eines zur Hand und betrachtete es. Sein Name stand unter dem Bild, und jetzt, wo er den Namen las, fiel er ihm wieder ein.

Mit dem Buch in der Hand ging er zur Kasse. Während er auf den Inhaber wartete, sah er, dass die Frau mit dem exotischen Kleid vor seiner Haustür stand.

Er blickte genauer hin. Aus der Entfernung konnte er wenig erkennen. Ihm war jedoch, als würde die Dame einen suchenden Blick auf die Namensschilder werfen, eine Klingel drücken, mit jemandem über die Sprechanlage reden, nochmals läuten, warten und schließlich nochmals läuten.

Der Inhaber kam. Er scannte das Etikett und packte das Buch in eine Papiertüte. Monsieur Haslinger beobachtete weiter die Situation vor seiner Haustür.

Plötzlich drehte sich die Dame um und ging zurück in die Richtung, aus der sie gekommen war. Die Bewegungen des leuchtenden Kleides schwangen zusammen mit ihren Schritten, und erst jetzt sah er ihr Gesicht klar und deutlich: Es war Madame Janssen.

Monsieur Haslinger hob die Hand, um ihr zu winken. Dabei sah er sein Spiegelbild im Fensterglas und wusste, die Idee war albern. Sie hätte ihn ohnehin nicht gesehen hinter den Bücherstapeln im Geschäft. Er nahm die Hand runter, zahlte, verabschiedete sich und trat, ohne das Restgeld anzunehmen, hinaus in die grelle Sonne.

Ein Lastkraftwagen donnerte vorbei und zog Kalkstaub hinter sich her. Monsieur Haslinger schloss die Augen und öffnete sie erst wieder, als sich die Staubwolke verzogen hatte. Seine Sinne mussten sich der helllauten Umgebung anpassen, und für einen Moment fürchtete er, Madame Janssen aus den Augen zu verlieren – da stand sie aber schon neben ihm und beobachtete ihn freundlich.

»Ich muss mich entschuldigen«, sagte sie.

»Wofür?«

»Für unsere Feier letztens. Wir waren zu laut. Es tut mir leid.«

Die Entschuldigung war ernst gemeint. Das sah Monsieur Haslinger in ihrem Gesicht, in ihren ernsten freundlichen Augen, in den nach oben gebogenen Mundwinkeln. »Sie hatten sich doch schon entschuldigt?«

»Nein, nicht richtig.«

»Aber das ist doch Tage her?«

»Ja, aber heute Morgen hat sich wieder ein Nachbar beschwert. Wir haben es wohl tatsächlich übertrieben.«

»Menschen, die sich über die Lebenslust anderer ärgern, sollte man nicht allzu ernst nehmen.«

»Da haben Sie wohl recht.«

»Aber wenn es Ihr Gewissen erleichtert, nehme ich Ihre Entschuldigung gerne an.«

»Danke«, sagte sie. Die Mundwinkel bogen sich zu einem herzlichen Lächeln. »Es gibt auch eine Wiedergutmachung.«

»Tatsächlich?«

»Ja. Affenbrotbaumsamen.« Madame Janssen öffnete ein Ta-

schentuch. »Bei jeder Reise kaufe ich Samen. Das ist meine Spinnerei. Diese sind aus Gambia.«

Monsieur Haslinger nahm die bohnengroßen braunen Samen
in die Hand und bedankte sich überrascht. Dabei sah er in ihre
Augen, konnte aber den Blick nicht lange halten, weil ihm genau
in dem Moment bewusst wurde, dass es immer besonders schöne
Momente waren, wenn er Madame Janssen sah.

8

Weit nach Mitternacht saß Monsieur Haslinger am Esstisch und las ein Buch. Das Licht in seinem Zimmer war gedämpft. Nur die kleine Tischlampe leuchtete, deren alter Leinenschirm einen warmen Lichtkegel auf die eng bedruckten Seiten warf. Er las viel über Kenia und die afrikanische Vegetation. Alles schien ihm klug, bedeutsam und schön. Eine Passage unterstrich er mit Bleistift. Dass die Samen des Affenbrotbaumes jahrelang im Boden verweilen konnten, ohne dass sie keimten oder abstarben, fand er besonders interessant.

Nach der letzten Zeile klappte er das Buch zu, strich mit der Hand über den Einband und lächelte zufrieden über die neuen Erkenntnisse.

Erst jetzt, als er aufstand und die Lampe ausknipsen wollte, sah er den Nachtfalter. Er schwirrte an der Innenseite des Leinenschirms umher. Offensichtlich fand er den Ausgang nicht.

Monsieur Haslinger besah das Geschöpf: den Flügelschlag, die fadenförmigen Fühler, das Mundwerkzeug, die Streifen an den Beinchen und die einzigartige Flügelzeichnung. Als das Tier zur Ruhe kam, ergriff er es mit einer fürsorglichen Handbewegung, ging auf den Balkon, streckte seine offene Hand in den Nachthimmel und blickte dem Falter hinterher.

Es war eine schöne Sommernacht. Die Stadtluft floss in angenehmen Wogen über den Hinterhof. Keine Menschenstimmen waren zu hören. Nur die letzte Tram knarrte in der Ferne. Ansonsten war es still. Monsieur Haslinger blickte sich um. Er konnte nichts Besonderes sehen, nur bewegungslose dunkle Bläue. Kein einziges Fenster war erleuchtet, und es sah aus, als würde die gesamte Nachbarschaft tief und fest schlafen.

Außer Madame Janssen. Bei ihr ging das Licht an, und ein Lichtstrahl fiel durch einen Türspalt in ihr Wohnzimmer. Er füllte die Dunkelheit mit etwas Helligkeit, und Monsieur Haslinger glaubte ein paar Möbel zu erkennen und die Silhouette einer Person, die durch den Raum geisterte.

Aufmerksam betrachtete er das Geschehen. Er sah ein weiteres Licht angehen und konnte die schmale weiß gestrichene Holztreppe erkennen, die hinauf in die obere Etage führte. Er sah das Licht wieder ausgehen und eins in einem anderen Zimmer angehen. Das hell erleuchtete Fenster war von einer Gardine verhangen, aber dahinter konnte er einen Standspiegel sehen und einen Schrank erahnen, und manchmal sah er auch einen unbestimmten Schatten entstehen und wieder verschwinden. Was konkret geschah, erkannte er nicht.

Bis im Wohnzimmer die Deckenbeleuchtung anging und das grellgelbe Licht auf Madame Janssen fiel. Mit ungezwungenen Bewegungen schritt sie durch den Raum.

Nackt.

Ohne einen Stoff auf ihrer Haut.

Für einen kurzen Moment sah Monsieur Haslinger sie hüllenlos: ihre langen Haare, die zu einem Knoten hochgesteckt waren, ihren Nacken, den entblößten Rücken, die rundlichen Hüften, den kurvigen Po und ihre kräftigen Beine. Ein warmes Empfinden begann in ihm zu kreisen.

Sie trat aus seinem Blickfeld. Irritiert stand er da. Ihm gefiel, was er gesehen hatte, aber ihm gefiel nicht, dass er es gesehen hatte. Schließlich war es nicht sein Recht, eine nackte Frau ohne ihre Zustimmung zu betrachten.

Er ging ins Zimmer, schloss die Balkontür und zog den Vorhang zu. Hinter dem Vorhang verharrte er, noch immer glücklich über den Anblick, aber unglücklich über sein Starren und darüber, dass er der Verführung nicht sofort widerstehen konnte.

Er knipste die Tischlampe aus, ging zu Bett und versuchte zu schlafen. Doch ohne dass er es wollte, hatte er die Bilder vor Augen. Ständig sah er Madame Janssen nackt durchs Zimmer schreiten. Er drehte sich von einer Schlafposition in die andere, immer wieder. Der Anblick hielt ihn lange wach.

9

Die Stadtvilla von Madame Amsberg wirkte verwahrlost. Der Rosenbusch am Eingang war rigoros abgeschnitten worden. Die Fassade neben dem Säulenbalkon hatte Risse und dunkle Streifen vom Feinstaub. Auch die Milchglasscheibe in der Haustür, die hinter kunstvoll geschwungenem Gusseisen auf vergangene Pracht hinwies, hatte einen Sprung, der sich im weiten Bogen von oben bis ganz nach unten zog.

Monsieur Haslinger betrachtete das Haus, bis die Haushälterin die Tür öffnete.

»Ah, Meneer Pastoor. Welch eine schöne Überraschung. Kommen Sie rein.«

Er betrat die Eingangshalle, umfasste mit beiden Händen warmherzig ihre Hand und erkundigte sich nach ihrem Wohlbefinden.

Ehe Noor zu Wort kam, klang schon die raue Stimme von Madame Amsberg aus dem Salon.

»Wer immer es ist, schicken Sie ihn nach Hause! Ich will niemanden sehen.«

Die Haushälterin rollte mit den Augen. Monsieur Haslinger lächelte. Er freute sich auf das Gespräch mit Madame Amsberg, einer starken Frau, gegen die sich bereits ihr Mann nur schwer behaupten konnte – und der war ein millionenschwerer Geschäftsmann gewesen.

»Es ist Pastoor Haslinger, lieve Dame!«

»Den schicken Sie nicht weg.«

Noor ging voraus. Monsieur Haslinger folgte ihr in den Salon, wo Madame Amsberg im Rollstuhl saß. Sie sah gealtert aus. Das grob geschnittene Gesicht war matt und braun befleckt, die Stirn überzogen mit Schuppenflechte, und in ihre Wangen gruben sich tiefe Falten, die aussahen wie schmerzhafte Risse.

»Goedendag, Madame Amsberg«, sagte er.

Angestrengt lenkte die flämische Witwe den Rollstuhl in seine Richtung. »Möchten Sie einen Kaffee?«

»Gern.«

»Mit Milch?«

»Wenn es keine Umstände macht?«

»Noor! Bringen Sie uns bitte Kaffee! Und vergessen Sie nicht wieder die Milch!«

Die Haushälterin entfernte sich. Madame Amsberg sah ihr abschätzig hinterher. »Sie kennen ihren Kaffee. Der schmeckt wie Kanalwasser. Die lernt es nie.«

Monsieur Haslinger überhörte die Stichelei, schließlich war er oft hier gewesen, als ihr gläubiger Gatte im Sterben lag. In den Monaten hatte er Madame Amsbergs Liebesfähigkeit und den herzlichen Kern unter ihrer harschen Hülle kennengelernt.

»Setzen Sie sich doch.« Madame Amsberg steuerte auf den Sofatisch zu und deutete auf die ausgesessene Lederbank, auf der Monsieur Haslinger Platz nahm und sich umblickte.

Seit seinem letzten Besuch hatte sich nicht viel verändert. Dieselben Möbel standen an derselben Stelle. Dieselben Bilder hingen an denselben Haken. Nur das Original von René Magritte hatte jemand von der Wand genommen, ohne es durch ein anderes Bild zu ersetzen.

»Meneer Pastoor. Langweilt Sie das Rentnerleben so sehr, dass Sie bereits Ungläubige besuchen?«

Monsieur Haslinger lachte. »Madame Amsberg, Sie wissen doch, es gibt keine Ungläubigen.«

»Ja, ja, ja …«

»Wir alle sind gezwungen zu glauben.«

»Das hatten wir schon«, antwortete sie und wischte mit einer abweisenden Handbewegung den Ansatz einer philosophischen Diskussion von sich.

Noor kam zurück. Sie stellte ein silbernes Tablett mit zwei Kaffeetassen, Milch und Zucker auf den Marmortisch. Nachdem sie gegangen war, begann Madame Amsberg zu flüstern. »Die erbt nichts, wenn ich einmal tot bin. Das bekommt alles das Tierheim.«

Monsieur Haslinger verzog keine Augenbraue und tat auch sonst nicht überrascht. Er goss Milch ein und trank einen ersten Schluck, in aller Ruhe, denn er wusste, dass es die Unwahrheit war. Als er die Tasse abgestellt hatte, sagte er: »Ich weiß, dass Sie ein guter Mensch sind.«

Madame Amsberg grummelte, als ob das Wort »gut« zu sehr nach Weihwasser riechen würde.

Er hörte es und fragte: »Wie geht es Ihnen?«

»Wie soll's mir schon gehen? Ich kann nicht laufen und bei der Hitze auch nicht schlafen.« Sie griff zur Tasse und führte sie zittrig an ihre Lippen. Sie roch kurz am Kaffee, rümpfte die Nase und stellte die Tasse wieder ab, ohne getrunken zu haben.

»Und wie geht es Ihrer Seele?«

»Meiner Seele?«

»Ja, Ihrer Seele.«

»Hm.« Madame Amsberg begann nachzudenken. Ihr Blick ging

durch ihn hindurch, und Monsieur Haslinger beobachtete, wie sich ein sanftmütiger Schleier über ihr Gesicht legte, ganz leicht.

»Nach meinem Mann …«, sagte sie und neigte ihren Hals zur Seite, als würde sie von der Vergangenheit träumen, »… hatte ich niemanden mehr in meiner Nähe. Am Anfang wollte ich nicht, später wollte ich, konnte aber nicht. Jetzt bin ich einsam, und das Gefühl bringt mich langsam um.«

Beim Reden war ihre Stimme leise, und ihre Angriffslust wirkte gestillt. Doch ehe Monsieur Haslinger antworten konnte, richtete sie sich auf, als würde sie den Moment der Schwäche von sich schütteln und als wäre alles nicht der Rede wert. »Haben Sie jemanden?«, fragte sie. Auch ihre knorrige Stimme war zurück.

»Ich bin Pfarrer, Madame.«

»Papperlapapp! Heutzutage hat doch jeder Pfarrer eine heimliche Geliebte oder einen Geliebten. Einen Mann, eine Frau – und die Abartigen ihre Mutter. Erzählen Sie also keine Märchen, Pastoor Haslinger.«

Monsieur Haslinger wusste, dass sie recht hatte, und er wusste, wie sie über sein Gelübde dachte. Deshalb sah er sie freundlich an und fuhr in leichtem Ton fort: »Madame, ich habe den Weg als Pfarrer gewählt und bin mit der Entscheidung glücklich.«

»Das kann ich mir nicht vorstellen. Sie sind doch ein kluger und attraktiver Mann. Die Frauen mögen Sie. Außerdem wissen Sie doch, wie unsinnig das Zölibat ist«, sagte sie schulmeisterlich.

Monsieur Haslinger sah sie an, und Madame Amsberg wartete auf seine Antwort. Offenbar hoffte sie, dass er die Stille mit einem Geständnis durchbrach. Kurz überlegte er sogar, von seiner neuen Nachbarin zu erzählen. Doch er schwieg und lächelte, und Madame Amsberg akzeptierte widerwillig sein Schweigen, obwohl sie beide wussten, dass darin ein starkes Mitteilungsbedürfnis verborgen lag.

10

Monsieur Haslinger stand am Herd. Eine Scheibe Tofu briet in der Pfanne. Die Flamme war zu weit aufgedreht, das Öl qualmte und spritzte gegen die Wandfliesen, Rauch zog durch die Wohnung. Er drehte das Gas ab, legte den Tofu neben den Blattsalat auf den Teller, stellte die Pfanne in die Spüle und drehte den Wasserhahn auf. Die heiße Pfanne zischte, dann wurde es still. Den dumpfen Knall im Hinterhof hörte er umso deutlicher.

Ein Schuss, dachte er zuerst. Doch im nächsten Moment hörte er ein Männerlachen, so laut und übermütig, als wollte jemand der ganzen Welt seine Freude zeigen.

Er nahm das Geschirrtuch von der Ofentür, rieb seine Hände trocken, faltete es, hängte es ordentlich zurück und ging die drei Schritte die Küchenzeile entlang, um durch die offene Balkontür in den Hinterhof zu blicken.

Jetzt sah er den Mann. Im Anzug stand er neben Madame Janssen. Auf einem Tisch lag ein Strauß Tulpen, und in seiner Hand sprudelte eine Flasche Champagner. Monsieur Haslinger betrachtete den Herrn, der umwerfend aussah, wie jemand, der berühmt und klug und wortgewandt war und der sich zur selbstbewussten Auslese der Weltgesellschaft zählte.

Er ging zurück zur Küchenzeile, öffnete den Kühlschrank und starrte hinein, wie auf eine leere weiße Leinwand. Nach einigen Sekunden fand er sich wieder. Unschlüssig dachte er nach, was er wollte. Es fiel ihm aber nicht ein, was es war, deshalb nahm er ein alkoholfreies Leffe Blonde heraus, schloss die Kühlschranktür, setzte sich, schenkte sich ein Glas ein und trank einen Schluck.

Über den Glasrand sah er sein Junggesellenbett, das weder die Unordnung von Kindern noch den Duft einer Frau kannte. Das laute Lachen des Mannes hörte er im Hintergrund.

Lebte er zu pflichtbewusst? Hatte er jemals echten Champagner getrunken?

Er kostete den Salat, und ihm fiel ein, was er im Kühlschrank gesucht hatte. Mit der gefalteten Serviette betupfte er seine Lippen und nahm die Flasche Kürbiskernöl aus dem Seitenfach. In der Bewegung blickte er hinüber zur Nachbarwohnung, und wieder sah er den Mann. Der stand allein im Türstock, rauchte eine Zigarette und starrte in den Hinterhof. Er zog lange an dem Tabak, und in der Art und Weise, wie er das tat, lag eine Nachdenklichkeit, sodass Monsieur Haslinger nicht wusste, ob er etwas geduldig ansah oder durch alles hindurchblickte.

Er setzte sich wieder, tropfte das schwarze Öl auf den Salat und aß weiter. Deutlich fühlte er dabei sein Alleinsein. Es war so selbstverständlich geworden, dass er jetzt nicht mehr wusste, ob er damit glücklich oder unglücklich war.

Monsieur Haslinger brachte das Geschirr in die Küche. Er stellte alles in die Spüle. Mit einem Lappen ging er zurück an den Tisch, langsam, damit er überblicken konnte, was auf der Terrasse von Madame Janssen geschah.

Der Mann starrte zu ihm herüber. Er sah Monsieur Haslinger, neigte den Kopf und lächelte. Sein Lächeln war leise und sanft, ganz im Gegenteil zu seinem Lachen zuvor. Monsieur Haslinger lächelte zurück, obwohl er nicht wusste, ob der Mann nur für sich gelächelt hatte oder seine Augen tatsächlich auf ihn gerichtet waren.

Er wischte den Tisch sauber, trank sein Glas leer und ging zurück in die Küche. Diesmal blieb er vor der Balkontür stehen, weil das, was er sah, so schön war und ihm zugleich wehtat.

Der Mann hielt Madame Janssen im Arm. Ihr Gesicht war in seiner beruhigenden Stattlichkeit vergraben. Ihre Hände umklammerten seinen Rücken und drückten beherzt zu. Als er sie aus der Umarmung entließ, strich er ihr mit der Hand über den Kopf. Keiner sprach, keiner lachte, als wäre etwas gesagt worden, das keiner Sprache bedurfte.

Waren sie still vor Liebesglück oder war etwas Schweres über ihre Freundschaft gefallen? Monsieur Haslinger wusste es nicht.

II

Als Monsieur Haslinger aufwachte, war der Himmel hell und blau. Eine Amsel saß auf seinem Balkon. Sie sang die immer gleichen drei Töne und stieß die immer gleichen Krächzer für andere Vögel aus, die nah und fern auf den Dächern saßen oder um die Esche kreisten.

Er blickte an die Zimmerdecke. Dort hing das Gefühl von Einsamkeit, und weil er nicht bereit war, es tatenlos hinzunehmen, blieb er nicht liegen und lauschte nicht der Amsel, sondern stand sofort auf.

Im Bad wusch er sich mit eisig kaltem Wasser Gesicht und Nacken. Nach dem Zähneputzen streifte er ein altes Hemd über, krempelte die Ärmel hoch, kramte aus einer Kiste Spitzhacke, Rosenschere und Blumenkelle, packte alles in einen Kübel, nahm den Sonnenhut von der Garderobe, ging hinaus auf die Straße und überquerte die Fahrbahn.

Vor dem verwilderten Grünstreifen mit der Linde machte er halt. Das Fleckchen Erde war begrenzt von einem kniehohen Holzzaun, es befand sich im Eigentum der Commune d'Ixelles. Bevor er über den Zaun stieg, blickte er sich um. Etwas unsicher, weil er nicht wusste, ob es erlaubt war, den Grünstreifen ohne Zustimmung der Gemeinde in Ordnung zu bringen. Kein Mensch war zu sehen. Die Sommerferien hatten begonnen, und die Straße war von einer geheimnisvollen Stille umgeben. Ganz Ixelles hatte den Betrieb eingestellt.

Er stieg über den Zaun, stellte den Kübel ab und betrachtete das verworrene Gestrüpp. Es sah schrecklich aus. Alles Leben senkte den Kopf. Nichts war kräftig, alles war schwach. Ein paar staubige Goldruten hielten sich gerade noch aufrecht in der prallen Sonne. Unkraut überwucherte das ursprünglich angelegte Beet. Alles schien verdorrt, erstickt oder verblüht. Monsieur Haslinger war trotzdem guten Mutes. Hier würde er bald frische Pflanzen setzen, und wenn er fertig war, dann würde dieser Grünstreifen blühen wie ein bunter Blumenstrauß.

Zuerst entsorgte er eine rostige Bierdose und eine Plastikflasche, dann begann er mit Liebe Ordnung in das Dickicht zu bringen. Er kniete sich auf den Boden, lockerte die Erde, riss Unkraut aus und half hie und da mit der Spitzhacke nach. Sorgfältig trennte er das Tote und Unnütze vom Schönen und Lebendigen. Danach stutzte er die Zierhecke, zerkleinerte die Äste, packte den Grünschnitt in einen Sack, entsorgte ihn und holte in der Gießkanne Wasser aus dem Haus.

Gegen Mittag wurde er müde. Er setzte sich in den Schatten, lehnte sich an die Linde, fühlte den ruhigen Herzschlag der Stadt und die Verbundenheit mit diesem Stück Erde. Ein Sommerwind streifte sein Hemd und knatterte in den Markisen der Boulangerie auf der anderen Straßenseite. Aus seinen Hosenfalten rieselte Erde. In seinen Händen und Gliedern fühlte er die Arbeit, in seinem Herzen immer noch das leere Gefühl des Alleinseins.

Wollte er wirklich leben, ohne jemals die erfüllte Liebe zu einer Frau gefühlt zu haben? Als er über die Frage nachdachte, fiel ihm auf, dass er seit seiner Pensionierung begonnen hatte, mehr über sein eigenes Leben nachzudenken. Dass daraus Zweifel am eigenen Lebensentwurf erwachsen würden, hatte er nicht geahnt.

Die Knochen taten ihm weh. Er stand auf, streckte sich und sah sich um. Die Sonne stand immer noch hoch. Die Laubkrone der Linde warf nur einen schmalen Schatten auf die Straße. Die Vögel hatten in der Hitze das Singen eingestellt. Die Grünfläche sah ordentlich aus, und alles, was lebte und empfinden konnte, blickte ihn dankbar an. Kurz saugte er die Sonne ein, dann packte er das Werkzeug in den Kübel, nahm den letzten Sack Grünschnitt und ging nach Hause.

Wieder kam ihm Madame Janssen in den Sinn. Auch der Mann, der sie im Arm gehalten hatte, und das Gefühl, das ihn seitdem nicht mehr losgelassen hatte. Das war wohl Eifersucht, dachte er. Er überlegte, dass ihm wieder einmal vor Augen geführt wurde, wie stark dieser Drang nach einem liebevollen Gegenüber, einer liebevollen Frau war, und wie sehr er sich dagegen wehren musste.

12

»Im Ernst?« Doktor Hoffmann blickte überrascht.

Monsieur Haslinger sah den Unmut seines Freundes, doch er bestand auf seinem Plan. Gutmütig zwängte sich sein Freund also hinaus auf den schmalen Balkon, wo zwei Stühle und ein Klapptisch aufgestellt waren. Der stämmige Mann fand kaum Platz in dem engen Spalt zwischen Tisch, Stuhl, Blumentöpfen und Geländer. Als er sich setzte, stieß er mit dem Knie gegen das wackelige Tischgestell. Dabei fielen Figuren vom Schachbrett, und er stöhnte leise, weil er nicht wusste, wie er sich bücken sollte, um sie wieder aufzuheben.

Monsieur Haslinger kam ihm zuvor. Er hob die Figuren vom Boden auf und setzte sich zu ihm, mit Blickrichtung auf die Terrasse von Madame Janssen. In einer Hand hielt er eine gekühlte Flasche Champagner. Kurz besah er das Etikett, dann öffnete er den Drahtverschluss und drückte mit beiden Daumen den Korken fest nach oben, damit es extra laut knallte.

»Veuve Clicquot!« Doktor Hoffmann staunte.

»Warum nicht?«, sagte Monsieur Haslinger und zweifelte kurz, ob er mit dem teuren Getränk nicht übertrieben hatte.

»Gibt's was zu feiern?«

»Nein. Ich hatte nur Lust darauf.« Monsieur Haslinger füllte zwei Rotweingläser, weil er keine passenden Champagnergläser hatte. Ein Glas reichte er seinem Gast. »À ta santé, mon ami.«

»Santé!« Doktor Hoffmann trank und stellte sein Glas ab, für das er kaum Platz fand. Dann nahm er einen weißen und einen schwarzen Bauern, versteckte sie unter dem Tisch in je einer Hand und ließ seinen Gegenspieler auf eine der geschlossenen Fäuste tippen. Monsieur Haslinger bekam Weiß. Er machte schnell den ersten Zug, und auch Doktor Hoffmann zog rasch, weil sie beide die obligaten Eröffnungszüge spielten.

Nach dem fünften Zug erzählte Doktor Hoffmann eine gewagte Geschichte aus dem Krankenhaus, über die er selbst herzhaft lachte. Monsieur Haslinger spielte lieber in konzentrierter Stille, doch weil das Lachen seines Freundes so schön laut über den Hof schallte, war er glücklich.

In der Mitte ihrer ersten Partie begann der Champagner zu wirken. Monsieur Haslinger bekam Lust auf Musik und legte eine Schallplatte auf. Jazzmusik umspielte den Balkon wie warme Meeresluft. Schwungvoll setzte er sich zurück auf den Balkon und warf einen Blick auf die Terrasse von Madame Janssen, insgeheim darauf hoffend, von ihr beobachtet zu werden. Doch er sah sie nicht, obwohl ihre Terrassentür offen stand.

Monsieur Haslinger tat den nächsten Zug, und je leerer die Flasche wurde, desto öfter blickte er hinüber. Und je öfter er hinüberblickte, desto unverständlicher wurde ihm die Partie. Irgendwann waren die Holzfiguren in einem Wirrwarr verflochten. Er konnte nicht mehr nachvollziehen, was er oder gar Doktor Hoffmann beabsichtigte oder wer von beiden sich im Vorteil befand.

»Schach.«

Monsieur Haslinger reagierte nicht.

»Schach!«, wiederholte Doktor Hoffmann, etwas lauter als zuvor. Dabei hob er sein Gesicht mit dem breiten Kinn und sah, dass

Monsieur Haslinger nicht bei der Sache war. »Wieso blickst du ständig da rüber?« Leicht verärgert über die Teilnahmslosigkeit seines Freundes, drehte sich Doktor Hoffmann um. »Was ist da?«

»Nichts.« Monsieur Haslinger blickte wieder auf das Schachbrett, und Doktor Hoffmann gab sich mit der Antwort zufrieden. »Ich sehe kein Schach.«

»Mit dem Springer auf g6.«

Erst jetzt erkannte er die Bedrohung für seinen König, wusste aber nicht, wie er sich aus der Situation befreien sollte. Und weil sein Wille zu gewinnen schwach war, überlegte er nicht lange und zog den Bauern auf der d-Linie von Schwarz auf Weiß.

»Revanche?«, hörte er umgehend fragen und wusste, dass er matt gesetzt wurde.

Sie bauten die Figuren neu auf. Doktor Hoffmann zündete sich zwischendurch eine Zigarre an, ließ den Rauch durch den Mund entweichen und sah zu, wie er innig mit der Abendluft verfloss. Als er sich wieder den Figuren zuwandte, riskierte Monsieur Haslinger einen weiteren Blick. Aber auf der Terrasse gegenüber war noch immer nichts zu sehen, und dieses Nichts brannte wie der Zigarrenrauch in seiner Brust.

Die zweite Partie begann. Beide spielten konzentriert. Auch Monsieur Haslinger spielte diesmal präzise und mit Überlegung. Doktor Hoffmann wurde immer leiser, fluchte sogar einmal, nahm schlechte Züge zurück, und mit der Fortdauer des Spiels bekam sein Selbstbewusstsein leichte Risse. In einer entscheidenden Phase war es Monsieur Haslinger sogar gelungen, den Bauern der b-Linie bis auf das vorletzte Feld zu bringen; er brauchte nur noch einen Zug, um seine Dame zurückzugewinnen. Es war eine offenkundige Chance, und ihm war mulmig. Ein letztes Mal studierte er seine Position, konnte jedoch nichts finden, was gegen eine Bauernumwandlung sprach.

Er blickte in das Gesicht von Doktor Hoffmann, um sich zu vergewissern. Der saß still da, die Augen unsicher auf das Brett gerichtet, als würde er jeden Moment verlieren. Monsieur Haslinger war beruhigt, zog den Bauern auf b8 und wollte ihn bereits gegen seine Dame tauschen – da schrie Doktor Hoffmann auf: »Maaaatttt!«

Eilig zog er seinen Springer auf c6 und brach in einen kraftvollen, überschlagenden Jubel aus. Im ganzen Hinterhof war er zu hören. Auch von Madame Janssen. Sie stand amüsiert in der dunkelroten Abendsonne und lächelte grüßend herüber. Monsieur Haslinger sah sie und lächelte zurück, denn plötzlich war ihm der Jubel über seine Niederlage willkommen, um dieser wunderbaren Frau seine Lebenslust zu beweisen.

13

Monsieur Haslinger saß in seinem Stammrestaurant, einer engen Brasserie mit fünfzehn Tischen und bodenständiger belgischer Küche. Er saß auf der Eckbank am Fenster und blickte auf die regennasse Chaussée de Waterloo.

Menschen, die ein Unwetter in die Häuser getrieben hatte, kamen zurück auf die Straße. Sonnenstrahlen drängten sich zwischen die Regenwolken. Sie verliehen dem nassgrauen Asphalt frischen Glanz.

»Bonjour, Monsieur! Comme d'habitude?« Die robuste Kellnerin war aufgetaucht. Sie reichte ihm keine Karte, sah ihn nur an, und er wusste, dass sie ihn lediglich aus Höflichkeit fragte, weil sie ohnehin wusste, was er bestellte.

Monsieur Haslinger zögerte mit der Antwort. Er überlegte, etwas anderes zu bestellen. Vielleicht Karbonade à la flamande, das war das beliebteste Essen in der Brasserie, manche Gäste kamen nur deswegen. »Oui, Madame. Wie immer.«

»D'accord!«

Es war halb zwölf Uhr. Monsieur Haslinger war wie immer der erste Gast in dem Lokal, dessen Wände mit Schallplatten von Jacques Brel und Louis Armstrong tapeziert waren. Er genoss es, vor den anderen Gästen hier zu sein. Der Gastraum war noch still und leise, alle Tische waren ordentlich eingedeckt, die Toiletten sauber, der Koch stand gelassen an der Theke, und die Tür blieb geschlossen, sodass die Zugluft nicht seinen Rücken quälte.

»Voilà, Monsieur.« Monsieur Haslinger bekam sein stilles Wasser hingestellt.

»Merci, Madame.«

Als er den ersten Schluck trank, ging die Tür auf. Er hatte das Glas vor dem Gesicht, und durch das Wasser und an den Glasrändern vorbei sah er ein hellgrünes Sommerkleid unter einem gelben Regenmantel hervorblitzen. Langsam stellte er das Glas auf dem Tisch ab, dann sah er in das Gesicht von Madame Janssen.

Sie hatte ihn bereits entdeckt und kam in ihrer unbekümmerten Art direkt auf ihn zu, als hätten sie beide eine Verabredung.

Schön war sie, dachte Monsieur Haslinger und erhob sich, um sie zu begrüßen.

»Da möchte uns wohl wer näherbringen«, sagte sie, noch ehe sie am Tisch war.

»Hoffentlich«, entgegnete Monsieur Haslinger. Und gleich fragte er sich, ob er, angesteckt von ihrer Art, soeben zu viel gewagt hatte.

Madame Janssen reichte ihm die Hand. Sie löste den Handschlag nicht sofort wieder, sondern sprach einen Satz über das Wetter und darüber, wie froh sie war, dass es endlich geregnet hatte.

Monsieur Haslinger hörte ihr zu, der Großteil seiner Aufmerksamkeit richtete sich jedoch auf ihre Hand in seiner Hand. »Möchten Sie sich zu mir setzen?«

Sie löste den Handgriff. »Danke. Sehr freundlich. Leider bin ich bereits verabredet. Aber kommen Sie doch am Sonntag zum Brunch vorbei«, sagte sie wie eine Frau, die spontan Pläne schmieden konnte.

Monsieur Haslinger war sprachlos. In seinem Kopf überschlugen sich die Gedanken, drängende, zahlreiche, unvollständige Gedanken, vor allem über ihre Absicht.

»Ich bitte Sie: Machen Sie mir die Freude«, unterstrich sie ihren Vorschlag in einer Art, die seine Zweifel beiseiteschob.

»Möchten Sie das wirklich?«

»Das liegt doch auf der Hand.«

»Tatsächlich?«

»Wir sind uns doch sympathisch, oder?«

Monsieur Haslinger staunte immer mehr. So offen und direkt hätte er es niemals ausgesprochen. »Sieht ganz so aus.«

»Na wunderbar. Dann lernen wir uns am Sonntag besser kennen.«

»Wird Ihr Mann auch da sein?«

»Mein Mann?«

»Entschuldigung, ich dachte, ich hätte letztens Ihren Mann gesehen.« Monsieur Haslinger strich verlegen mit der Hand über den Stuhl.

»Ach, das war mein Bruder. Ich bin nicht verheiratet«, sagte sie, und schlagartig entstand eine befangene Nähe zwischen ihnen. Zwar hatte er wissen wollen, ob sie liiert war. Aber er hatte sie nicht danach fragen wollen. Die Frage war ihm herausgerutscht. Jetzt stand er da, fürchtete, ihr zu nahe getreten zu sein, und er hätte gern gewusst, ob sie es auch so empfand. In ihrem Gesicht war jedoch keine Veränderung zu sehen, nur ungetrübte Vorfreude.

Die Kellnerin drängte zwischen sie, stellte Monsieur Haslingers gratinierten Chicorée auf den Tisch und zerstörte den Augenblick, den er gern länger festgehalten hätte. Für einen Moment wusste Monsieur Haslinger nicht, ob und was er noch sagen sollte oder ob Madame Janssen darauf wartete, dass er noch etwas sagen würde.

Da verabschiedete sie sich schon: »Na dann, ich freue mich auf Sonntag. Ich heiße übrigens Elise Janssen. Und Sie?«

»Josef, Josef Haslinger.«

14

Am Sonntagmorgen ging ein lang anhaltender Regen über Brüssel nieder. Die Nässe hing an den offenen Fenstern, und die Luft im Zimmer war frisch und klar geworden.

Monsieur Haslinger öffnete die Augen. Ihm war kühl, und er sah, dass die Bettdecke nicht über ihm lag, sondern halb zu Boden hing. Er zog sie hoch, bedeckte Brust und Bauch, blickte auf die Uhr, drehte sich von der Seite auf den Rücken und dachte daran, dass Madame Janssen nicht wusste, dass er Pfarrer war, und dass er es ihr gleich sagen musste, um Missverständnisse zu vermeiden.

Der Wind schlich durch den Vorhangspalt. Er war frisch und streifte sein Bein, das unter der schlafwarmen Bettdecke hervorragte. Er zog es ein, blickte zur Seite.

Auf dem Tisch stand die gerahmte Mutter Jesu. Sie sah ihn an. Er wandte sich ab und lauschte dem Regen. Es war ein gleichmäßiges Rauschen. Das Naturgeräusch besänftigte seinen inneren Takt, der wegen des bevorstehenden Besuchs bei Madame Janssen aus dem Rhythmus geraten war.

Gott sei Dank war es nur ein Brunch und kein Abendessen. Ein Essen und Gespräch am Vormittag war nicht so intim, dachte er mit aufgeregter Vorfreude.

Er stand auf und stellte das Radio an. Ein Nachrichtensprecher sagte etwas von China und vom Krisentreffen der Staats- und Regierungschefs in Brüssel. Er wechselte den Sender und fand Musik von Gregory Porter, dessen Stimme sich im Zimmer auszubreiten begann.

Er kannte den Text und sang mit, während er das Bettzeug richtete. Er straffte das weiße Leintuch, faltete die Bettdecke, schüttelte das Kissen auf und spannte die Tagesdecke darüber. Anschließend ging er ins Bad und duschte.

Das Wasser fiel von oben klar auf ihn herab, und immer wieder reckte er sein Gesicht dem sauberen Wasserstrahl entgegen und wusch sich seinen unruhigen Schlaf aus den Augen. Würde heute etwas ins Rollen kommen, was sich nicht mehr einfangen ließe?

Er trocknete sich ab, rasierte sich nass, gab Rasierwasser auf seine Wangen, kämmte sein volles graues Haar zu einem Scheitel und betrachtete sich im Spiegel. Wie schnell doch das Vergängliche seinen Zustand wechselte, dachte er und ging neugierig einen Schritt näher an das Glas heran. War an ihm etwas begehrenswert? Vielleicht seine blauen Augen, die könnten einer Frau gefallen.

Mit dem Handtuch um die Hüften ging er zum Schrank, um sich anzukleiden. Er zog seinen dunkelblauen Anzug heraus, den er vor Jahren gekauft hatte, hielt ihn vor sich, streifte mit der Hand über den Stoff, der leicht zerknittert war, entfernte ein paar Flusen und probierte ihn an.

Er hatte ihn lange nicht getragen, und weil er abgenommen hatte, war das Sakko an den Schultern zu breit und der Hosenbund zu weit. Außerdem war der Schnitt nicht tailliert, wie bei den modischen Anzügen heutzutage.

Er blickte an sich hinab. Konnte er so gehen? Madame Janssen war eine weltgewandte Frau mit einem auffälligen Kleidergeschmack. Machte er sich damit lächerlich?

Er zog den Anzug aus, hängte ihn zurück in den Kleiderschrank und zog an, was er gern trug – ein weißes Hemd, eine schwarze Baumwollhose und das Leinensakko. Es war ohnehin nur ein Nachbarschaftsbesuch. Er musste ihr nicht zeigen, dass er ein begehrenswerter Mann war, der sich gut anzuziehen wusste, oder dass sie eine begehrenswerte Frau war, für die er sich besonders sorgfältig kleidete.

Fertig angezogen, blickte er auf die Uhr. In fünf Minuten waren sie verabredet. Er könnte losgehen, aber er setzte sich stattdessen auf den Stuhl, weil in Brüssel Pünktlichkeit als unhöflich und Unpünktlichkeit als höflich galt. Schweigend saß er da und wartete. Fünf Minuten später schloss er die Tür hinter sich.

15

Er trat vom Regen in ihr trockenes Haus. Ein Tropfen rollte noch über seine Stirn, als Madame Janssen die Wohnungstür öffnete und ihr leuchtendes Lächeln zu ihm drang. Er nahm sein Gastgeschenk von der rechten in die linke Hand und streckte die frei gewordene Hand Madame Janssen entgegen. »Bonjour!«

Sie ignorierte seine Distanziertheit. »Schön, dass Sie gekommen sind«, sagte sie, legte die Hand auf seine Schulter und küsste ihn unaufgeregt herzlich auf die Wange, sodass er sich wünschte, sie würden in Paris leben, wo man sich zur Begrüßung zweimal küsste, nicht einmal wie in Brüssel.

»Sie riechen gut«, schob sie hinterher.

Monsieur Haslinger wurde verlegen, weil er in den letzten sechzig Jahren nicht auf die Idee gekommen war, dass ihm ein Geruch anhaften könnte, den Frauen anziehend fanden. Instinktiv schnupperte er an seinem Kragen. Was hatte er für einen Geruch? Er roch doch nach nichts. Was meinte sie? War es die Seife? Vermutlich das Rasierwasser.

Madame Janssen schloss die Tür. »Behalten Sie die Schuhe ruhig an.«

»Die sind ganz nass.«

»Egal.«

Sie ging voraus in den Wohnraum. Der war schmal und lang

wie das ganze Haus, dabei lichtdurchflutet und mit einer weiblichen Note gestaltet. Es gab moderne Möbel und Bilder mit vielen hellen Farben, die aus dem Raum einen persönlichen Ort machten.

Monsieur Haslinger blickte sich um und fühlte sich sofort wohl. »Vom Blumensamariter«, sagte er und hielt ihr den Elefantenfuß entgegen, den er extra in einen eleganten grauen Steintopf umgepflanzt hatte.

Madame Janssen lachte entspannt. »Merci!«

Bevor sie die Pflanze annahm, berührte sie den Stamm, als wollte sie ihn streicheln.

Er sah sie dabei an. Die Klarheit ihres Blickes, der unglaublich blasse Teint, der sich an den Wangen rosa färbte, ihre hoheitsvolle Haltung, ihre Würde, ihre Schönheit.

Sie brachte den Topf in die Küche. Noch im Gehen fragte sie: »Darf ich Ihnen einen Tee anbieten?«

»Gern.«

»Welchen trinken Sie?«

»Schwarztee?«

»Ich habe Schwarztee aus Tansania. Ich hätte aber auch Rooibostee aus den südafrikanischen Zederbergen.«

Monsieur Haslinger überlegte. »Rooibos, bitte«, sagte er, weil er in Anwesenheit der herzlichen Gastgeberin unvermittelt begann, Abwechslung als etwas Schönes zu empfinden, als etwas, was er unbedingt kosten sollte.

Madame Janssen stellte den Elefantenfuß ins Licht, das durch die Tür fiel, die straßenseitig auf einen winzigen Balkon führte. Monsieur Haslinger blickte kurz auf den blühenden Blauregen, dessen Spitzen sich an das schwarze Eisengeländer klammerten. Dann beobachtete er Madame Janssen. Sie ging in die Küche und goss Wasser in einen Kocher. Die Hüften lehnte sie dabei gegen die

Anrichte, die Falten ihres langen Kleides fielen verspielt zu Boden und tanzten darüber hin und her.

Strahlend schön sah sie aus, dachte Monsieur Haslinger und überlegte, wie er ihr ein Kompliment machen konnte. Er suchte nach Worten. Doch es fiel ihm nicht leicht, da ihm die Gewohnheit fehlte. Er wollte ihr Aufmerksamkeit und Anerkennung zeigen, fürchtete aber, dass ihm etwas Banales entschlüpfte oder gar eine zu gewagte Avance, die sie und ihn in Verlegenheit brächte und zu der er sich nicht zu verhalten wüsste.

Er schwieg und ging durch den Wohnraum, betrachtete das Bücherregal, einen Geigenkoffer und eine bunte afrikanische Holzmaske, die halb fröhlich, halb grimmig von der Wand starrte. Wirklich beeindruckt war er von den unzähligen Kakteen. Überall standen sie. Manche hatten einen flachkugeligen Körper von kaum einem Zentimeter Durchmesser. Manche wuchsen aufrecht und aufstrebend, manche kriechend und hängend. Alle hatten Dornen, nur ein sehr alter Kaktus hatte sie bereits abgeworfen.

Madame Janssen trat zu ihm. »Mögen Sie Kakteen?«

»Sie sind genügsame Überlebenskünstler. Das gefällt mir.«

»Viele mögen die Dornen nicht.«

»Bei etwas Stacheligem fällt es uns schwer, den Nutzen zu durchdringen. Wenn man ihren wahren Wert aber erst einmal kennt, ist es leicht, sie zu lieben.«

»Da haben Sie recht.«

»Die größten Dornen verwendete man früher als Grammophonnadeln.«

»Tatsächlich?«

»Wussten Sie das nicht?«

»Nein.«

Monsieur Haslinger entdeckte in ihren Augen Interesse und Wertschätzung für sein Wissen, und weil er glücklich war, dass sich zwischen ihnen ein lockeres Gespräch entspannte, erzählte er mehr von den Dingen, die er über Kakteen wusste.

Dabei stellte sich zwischen ihnen eine angenehme Balance ein. Und ganz gelöst und noch mitten im Reden, setzten sie sich an den schön gedeckten Tisch.

Er sagte: »Danke für die Einladung.«

Und: »Es ist wirklich schön bei Ihnen.«

Dann begannen sie zu essen.

Es gab Croissants, Pistolets, Confiture, Käse und Butter. Auch eine Flasche Champagner stand auf dem Tisch. Madame Janssen goss ihnen ein. Sie stießen an und tranken und aßen und redeten.

Zwischendurch blickte Monsieur Haslinger einmal durch das Fenster auf seinen Balkon mit den blühenden Geranien und erfreute sich an der neuen Perspektive. Ansonsten betrachtete er Madame Janssen. Wie sie ihre Lippen beim Reden bewegte. Wie sie ihre Serviette an den Mund führte, bevor sie trank. Wie sie nach jedem zweiten Bissen das Besteck auf dem Teller ablegte, um alles langsam und genüsslich zu erschmecken, ehe sie das Besteck wieder aufnahm.

»Darf ich nachschenken?« Ihre Gläser waren leer, und Madame Janssen griff zur Champagnerflasche. Monsieur Haslinger nickte, und sie goss nach. Zuerst sein Glas, dann ihres. Sie tat es etwas ungeschickt, und beide schlürften eilig den überquellenden Schaum vom Glas. Dabei sahen sie sich an und lächelten, und er war verblüfft, wie außergewöhnlich charmant sie war und wie sie sein Interesse weitaus mehr weckte, als es andere Frauen in seinem Leben jemals getan hatten.

Dass er ihr unbedingt sagen wollte, dass er Pfarrer gewesen war, hatte er zu diesem Zeitpunkt bereits vergessen.

Teil 2

I

Eine Woche später stand Monsieur Haslinger auf seinem Balkon und erkannte, dass Madame Janssen lange nicht mehr zu Hause gewesen war. Er blickte hinüber, und ihm fiel auf, dass der Vorhang im Schlafzimmer mit der immer gleichen Falte an der immer gleichen Stelle zu Boden hing. Anscheinend wurde er abends nicht zugezogen und morgens nicht geöffnet, und er fragte sich jetzt, ob er Madame Janssen seit dem Brunch überhaupt einmal gesehen hatte.

Er schaute sich alles genauer an: den Terrassentisch, die Sessel, die Blumentöpfe. Hatten diese Dinge am Sonntag dort gestanden, wo sie jetzt standen? Die Gießkanne etwa? Stand die neben der Terrassentür? Und die kleine Holzkiste? Ja, an die erinnerte er sich.

Er betrachtete jedes Detail, doch er konnte nichts finden, das darauf hindeutete, dass Madame Janssen kürzlich zu Hause gewesen war. Alles sah unbewegt und ungenutzt aus. War sie verreist? Hatte sie das erwähnt? Hatte er es überhört oder vergessen?

Monsieur Haslinger wusste, dass er eine Antwort suchte, weil er sie vermisste, und er wusste, dass er keine Antwort finden würde, also schloss er die Augen und ließ sein Gesicht von der Abendsonne bescheinen. Dabei lauschte er den Vögeln, und er sehnte den Tag herbei, an dem er Madame Janssen endlich wieder gegenübersitzen, sie sprechen hören, ihre Augen und Gesten sehen und er erleben durfte, wie sich die junge Freundschaft weiterentwickelte.

Das stockende Klavierspiel der Nachbarin links von ihm beendete seine Träumerei. Er öffnete die Augen und blickte nochmals auf die Terrasse von Elise Janssen. Müsste er sich Sorgen machen? Ihre Blumen benötigten Wasser. Madame Janssen würde sie niemals verdursten lassen, nicht ohne einen triftigen Grund. Hoffentlich war ihr nichts passiert? Sollte er nach dem Rechten sehen?

Er realisierte, wie sehr er gedanklich mit ihr verwoben war. Jeden Tag gab es unzählige Situationen, die ihn an sie erinnerten. Wenn er einen Kaktus sah, wenn eine Frau mit langen weißen Haaren an ihm vorbeispazierte, sogar wenn im Radio über Außenpolitik gesprochen wurde, musste er an sie denken.

Er ging hinein und stöberte in seinem Bücherregal. Er fand ein Geschichtsbuch über die Beziehung zwischen Belgien und Österreich. Das Buch hatte er von seinen Eltern geerbt. Seit einer Ewigkeit hatte er kein politisches Buch mehr gelesen, doch was die beiden Länder miteinander verband, wollte er nun wissen.

Der Einband roch alt. Er öffnete das Buch und blätterte durch die vergilbten Seiten. Ein alter Zeitungsausschnitt fiel auf den Boden. Er hob ihn auf, legte ihn zurück, dann setzte er sich an den Tisch und begann zu lesen; vom weltoffenen, wohlhabenden Burgund, wo der internationale Handel blühte, als Österreich noch provinzielles Agrarland war; von der Eheschließung mit den Habsburgern und von einer spannungsgeladenen Beziehung, in der jeder einmal den Ton angab.

Einmal, während er in die Lektüre vertieft war, hörte er die Stimme einer Frau im Hinterhof. Er wurde aufmerksam. Seine Erwartung begann zu pochen, wie ein inneres Musikstück, bei dem jeder Ton zum erlösenden Finale drängte. Sofort stand er auf, blickte raus, doch er sah sie nicht, also las er weiter, bis es Nacht wurde.

Vorm Schlafengehen ging er ein letztes Mal auf den Balkon.

Der Hinterhof war still. Die frische Luft war schon empfindlich kühl, aber die Bodenfliesen speicherten noch die Wärme des Tages. Er sah in den klaren Nachthimmel, der übersät war mit Sternen, die hart und rein funkelten. Er erinnerte sich nicht, jemals so viele Sterne in Brüssel gesehen zu haben. In Österreich ja, in den Alpen, aber nicht hier in der Stadt.

Ein Licht bewegte sich, es war ein Satellit. Er folgte ihm mit den Augen, verlor ihn und fand ihn wieder. Schlussendlich verschwand er endgültig, direkt hinter dem Haus von Madame Janssen, wo der Vorhang noch immer still an der gleichen Stelle zu Boden hing, so wie am nächsten und am übernächsten Abend auch.

2

Nach einem weiteren besonders heißen Tag musste Monsieur Haslinger mitansehen, wie die Hitze die Blumen von Madame Janssen quälte. Jede Pflanze wirkte staubtrocken. Alles dörrte vor sich hin. Auch der schmächtige Zitronenbaum sah aus, als wäre sein Leben bereits verdunstet.

Er blickte in den Himmel. Würde es heute noch regnen? Eine einzige Federwolke konnte er sehen. Sie stand regungslos am blauen Himmel. Die würde sicher verschwinden, ehe sie zu einer Schauerwolke ausgewachsen war, dachte er.

Monsieur Haslinger ging in sein Zimmer, zog aus der Tischlade sein Notebook und suchte im Internet die Telefonnummer von Madame Janssen. Er fand sie nicht, nur eine Mailadresse. Kurz spielte er mit dem Gedanken, ihr zu schreiben, doch das erschien ihm zu langwierig, schließlich wusste er nicht, ob und wann sie die E-Mail las und ob es überhaupt ihre aktuelle Adresse war.

Eine Weile drehte sich Monsieur Haslinger gedanklich im Kreis, dann zog er sich die Schuhe an, verließ das kühle Haus, lief die glühende Straße entlang und bog wenig später um die Ecke, Richtung Madame Janssen. Vor der Haustür, im Schatten des Blauregens, verschnaufte er und dachte nach: Was, wenn sie tatsächlich zu Hause war? Was würde sie denken? Dass er die Blumen als Ausrede schützend vor sich hielte?

Er klingelte und wartete.

Nichts.

Er klingelte nochmals.

Wieder nichts.

Dann lauschte er.

War etwas zu hören?

Nichts.

Im Haus gab es eine zweite Wohnung. Vielleicht wusste der Nachbar mehr?

Er klingelte dort und wartete.

Abermals nichts.

Wer könnte ihre Telefonnummer haben? Ihm fiel niemand ein, und er wollte schon gehen, als jemand die Tür öffnete. Eine junge Dame trat heraus. Sie trug schwarze Kleidung und roten Lippenstift, der dunkel auf ihrem Mund schimmerte. Er kannte sie vom Sehen. Sie war ihm in der Nachbarschaft mehrmals stumm über den Weg gelaufen. Früher hatte sie lange dunkle Locken gehabt, jetzt waren ihre Haare kurz geschoren, das überraschte ihn, aber es stand ihr gut.

»Bonjour, Mademoiselle, wissen Sie, wo ich Madame Janssen finde?«

Die junge Dame starrte ihn an. Sie hatte einen blassen Teint und sah müde aus, als wäre sie soeben aus dem Bett gekrochen. Ohne zu grüßen, zuckte sie mit den Schultern. »Keine Ahnung. Zu Hause?« Sie deutete auf die Türklingel.

»Nein. Sie öffnet nicht.«

»Dann weiß ich es auch nicht.«

»Haben Sie ihren Wohnungsschlüssel?«

»Sind Sie ein Freund?« Sie sah ihn skeptisch an.

»Ein Freund?«, fragte er nach.

»Ja, ein Freund!«

Monsieur Haslinger war überrascht von der Frage. Was war er eigentlich für sie? Darüber hatte er noch nicht nachgedacht. Freundschaft wäre übertrieben. Dafür war alles zu jung. »Ein Nachbar«, sagte er.

»Tut mir leid. Ich kann Ihnen nicht helfen. Ich hab ihren Schlüssel nicht.«

»Jemand anders vielleicht?«

»Warum wollen Sie hinein?«

Als Monsieur Haslinger die Frage hörte, kam es ihm eigenartig vor, den Schlüssel einer fremden Frau für eine fremde Wohnung zu fordern, weil die Blumen auf der Terrasse Wasser benötigten. Auch die Tatsache, dass er Madame Janssen vermisste und sich sorgte, war wohl kein überzeugendes Argument, um das Betreten der Wohnung zu rechtfertigen. »Bitte verstehen Sie mich nicht falsch. Ich habe nur gesehen, dass ihre Blumen Wasser benötigen, also dachte ich, Sie könnten sich darum kümmern.«

Die junge Dame sah ihn ungläubig an, ohne etwas zu sagen. So verharrten sie einige zähe Sekunden, ehe sie sich umdrehte und überprüfte, ob die Tür tatsächlich ins Schloss gefallen war. Es war eine Geste des Unwohlseins. Monsieur Haslinger erkannte das, lächelte um Entschuldigung und sagte: »Trotzdem danke.«

Zu Hause setzte sich Monsieur Haslinger auf den Balkon. Die heiße Luft wog schwer, genauso wie der Wunsch zu wissen, wo Madame Janssen war, warum sie sich seit dem Brunch nicht meldete, warum sie ihre Blumen nicht umsorgte. Er wusste, dass mit den Wünschen die Unzufriedenheit kam. Dass man nicht reif war zum Glücklichsein, die Seele keine Ruhe fand, solange man Wünsche jagte. Er wusste aber auch, wie schwer es war, wunschlos zu sein und das Leben in diesem Moment so zu akzeptieren, wie es sich vor einen stellte.

Irgendwann begann sich der Himmel zu bewegen. Ein Wolkenhaufen schob sich an der Sonne vorbei. Ein Wind kam auf, der die Esche streifte. Monsieur Haslinger hörte die Blätter rascheln und sah, dass sich über ihm etwas formierte und zu Größerem quoll. Nichts Bedrohliches, nur die Schatten, die zügig vom Wind über die Dächer getrieben wurden, waren etwas großflächiger geworden.

Eine Stunde später wurde es aber noch dunkler, der Wind noch böiger, und es begann zu regnen. Monsieur Haslinger sah, wie die Tropfen auf ihre verdorrten Blumen fielen. Er war dankbar dafür, aber nicht wunschlos glücklich.

3

Im Hôpital Edith Cavell, vor der Zimmertür von Madame Amsberg, stand Doktor Dumont und lächelte freundlich. »Monsieur Haslinger, gut, dass Sie da sind.«

»Wie geht's ihr?«

Der Doktor runzelte die Stirn und rollte mit den Augen, als wollte er ihm verdeutlichen, wie anstrengend die Patientin war. »Sie ist mit dem Rollstuhl die Treppe hinuntergestürzt und hat sich das Bein gebrochen und eine Platzwunde an der Stirn zugezogen, die wir schließen mussten. Nichts Tragisches. Wir behalten sie aber bei uns und beobachten sie. Wenn nichts ist, kann Madame Amsberg bald nach Hause.«

»Darf ich zu ihr?«

»Kommen Sie.«

Monsieur Haslinger hätte vorm Eintreten gern an die Tür geklopft und auf ein Zeichen gewartet, um nicht aufdringlich zu sein. Doch Doktor Dumont war ungeduldig und hatte anscheinend keine Lust auf Höflichkeiten. Ohne Umschweife klinkte er die Tür auf, schob sich an Monsieur Haslinger vorbei und trat ein.

Madame Amsberg saß im Bett. Ihr wuchtiger Oberkörper war ins Kopfkissen gepresst, und ihr Gipsbein ragte unter der zerwühlten Bettdecke hervor. Um die Stirn war ein dicker Verband gewickelt, der wie ein Turban aussah. Ihre Wangen waren etwas bleich, ihr Blick strahlte jedoch angriffslustig. »Gott sei Dank, Pater Haslinger, schön, dass Sie hier sind. Bitte erklären Sie dem einfältigen Doktor, dass ich nach Hause darf«, sagte sie, bevor Monsieur Haslinger sie begrüßen konnte und als könnte Doktor Dumont sie nicht hören.

»Glauben Sie mir, Madame Amsberg, niemand auf der Station möchte Sie länger hierbehalten als unbedingt notwendig. Sie können beruhigt sein«, erwiderte der Arzt, lächelte gequält und suchte in den Augen von Monsieur Haslinger nach Mitgefühl für sein Leid.

»Ach, papperlapapp. Sie wollen nur die Betten belegen, um abzukassieren. Die Qualen meiner Verwandtschaft finanzieren seit Generationen dieses Krankenhaus. Vor allem indem sie hier verrecken.«

»Madame, wenn Sie solchen Schwachsinn von sich geben, muss ich annehmen, dass es Ihnen nicht gut geht. Dann muss ich Sie noch länger hierbehalten. Das wollen wir nicht, und das wollen Sie nicht, oder?«

Monsieur Haslinger hatte noch kein Wort gesprochen. Er wusste, dass Nörgeln Madame Amsbergs Art war, die Welt erträglich zu halten. Deshalb lauschte er dem Schlagabtausch nur beiläufig und blickte sich um. Es war ein geräumiges Einzelzimmer, das Madame Amsberg belegte. Es war hell und angenehm temperiert. Es gab einen großen Fernseher, auf dem Tisch stand ein Strauß Blumen, und auf dem Nachtkasten lagen Pralinen. Er fand nichts, worüber man sich beschweren konnte, und verstand, dass es der alten Dame gut ging.

»Pater Haslinger, die wollen mich nicht rauslassen. Stellen Sie sich das einmal vor. Wegen einer kleinen Platzwunde und einem lächerlichen Beinbruch. Sagen Sie doch auch mal was!«

Monsieur Haslinger machte ein verständnisvolles Gesicht,

stellte sich neben die Bettkante und ergriff ihre spröde Hand. »Madame Amsberg, vom menschlichen Standpunkt aus betrachtet finde ich Ihren Wunsch begreiflich. Vom medizinischen Standpunkt aus kann ich Ihnen nur raten, Doktor Dumont zu vertrauen. Er ist ein hervorragender Arzt. Glauben Sie mir. Ich bin als Seelsorger oft hier im Krankenhaus gewesen und weiß seine Arbeit zu schätzen.«

»Der Doktor hasst mich wie die Pest. Er hasst überhaupt alle Patienten wie die Pest. Er will mich hierbehalten, um abzukassieren und mich zu quälen. Das ist der wahre Grund.«

»Monsieur le curé, nehmen Sie es mir nicht übel, aber ich muss Sie jetzt mit dieser Person allein lassen. Wenn Sie Hilfe benötigen, drücken Sie den Notknopf. Wir schicken die Kavallerie.«

Doktor Dumont verließ das Zimmer. Madame Amsberg feixte ihm lautlos hinterher. Als er nicht mehr zu sehen war, lachte sie, und ihre Stimme wurde sanfter. »Bitte, Pater Haslinger, lassen Sie mich nicht bei diesen Irren.«

»Ich kann da in Gottes Namen nichts machen. Lesen Sie ein gutes Buch, sehen Sie fern und lassen Sie sich gesund päppeln. Wenn alles gut verläuft, sind Sie in zwei oder drei Tagen wieder zu Hause. Das halten Sie aus.«

»Wie soll ich das aushalten? Ich bin so ungern weg von meinem eigenen Badezimmer. Außerdem reden die Schwestern pausenlos dummes Zeug, und das Essen ist kaum zu ertragen. Die mischen Pulver mit Wasser und nennen es kochen. Und erst der Kaffee: Man kann ihn beim besten Willen nicht trinken. Niemand kann diese Brühe trinken. Nicht einmal Noor.«

»Wissen Sie, was, ich kenne um die Ecke ein charmantes Café. Ich werde hingehen und Ihnen guten Kaffee bringen. Frisch gemahlen, mit Zucker und Milch. Einverstanden?«

»Aber Sie kommen wieder?«

»Ja, ich komme wieder.«

»Versprochen?«

»Ich schwör's.« Monsieur Haslinger streichelte fest über ihre Hand und verließ das Zimmer.

Der schmale Gang führte ihn durch die stille Station zum Aufzug, mit dem er in den Rez-de-chaussée fuhr, wo die Gänge breiter wurden und ein geräuschvolles Gedränge und Geschiebe herrschte. Kurz bevor er den Ausgang erreichte, blieb er stehen und drehte sich um. Er dachte, er hätte Madame Janssen gesehen. Zumindest sah er eine Patientin über den Gang huschen, deren Gesicht ihrem ähnlich war. Zögerlich ging er weiter und vermutete, sich getäuscht zu haben. Doch auf dem Weg ins Café traf ihn die Ahnung tiefer, als ihm zunächst bewusst war, und alle Vermutungen über Madame Janssen und ihr Leben schienen ihm schlagartig ungewiss.

4

Als Monsieur Haslinger mit dem Kaffee wieder das Krankenhaus betrat, war er noch immer gefesselt von der vermeintlichen Begegnung, die er nicht so recht deuten konnte. Am Empfang blieb er stehen, stellte den heißen Pappbecher ab und erkundigte sich nach Madame Janssen. Die Empfangsdame musste nachfragen, weil sie seine Aussprache nicht richtig verstanden hatte, dann tippte sie den Namen in die Tastatur, blickte auf den Bildschirm und: Tatsächlich. Es gab eine Patientin Elise Janssen.

»Zimmer 2044«, sagte die Empfangsdame.

Er nahm den Pappbecher und beschloss, sofort nachzusehen, ob sie es tatsächlich war. Er schritt über den Flur und fuhr mit dem Aufzug in die zweite Etage.

Ihr Name stand auf dem Schild. Die Tür war offen. Er verrenkte den Kopf und blickte in das Zimmer. Es schien leer zu sein. Er sah nur ein Bett mit der zerwühlten Bettwäsche und einen Tisch, auf den die Sonne durch die Jalousie helle Streifen warf.

»Haben Sie mich vermisst?«, hörte er plötzlich eine Stimme hinter ihm fragen.

Monsieur Haslinger zuckte zusammen. Der Pappbecher wäre ihm beinahe aus der Hand gefallen, und er fühlte, dass sein Gesicht einen albernen Ausdruck angenommen hatte. Er drehte sich um und sah Madame Janssen, die nun direkt vor ihm stand.

Sie sah müde aus. Ihr Strahlen war leicht verblasst. Ihre Wangen schienen eingefallen, die bunten Kleider hatte sie gegen ein Nachthemd getauscht. Sie lächelte ihn freundlich an, und er fand, sie sah hübsch aus, aber hinter der Freundlichkeit verbarg sich eine unbestimmte Veränderung.

»Sie haben mich aber erschreckt.«

»Das tut mir leid.«

»Nicht so schlimm.«

»Und?«

»Was und?«

»Haben Sie mich vermisst?«

»Um ehrlich zu sein, ja. Ich habe Sie vermisst und gehofft, wir würden uns eher sehen. Aber unter anderen Umständen«, sagte er und war positiv überrascht, dass seine Unbeholfenheit beim Sprechen kleiner war, als er befürchtet hatte.

Sie wirkte glücklich darüber, ihn zu sehen, und er hätte sie gern umarmt. Doch es kam ihm falsch vor, weil er sie nicht brüderlich wie ein Priester umarmen wollte, sondern wie ein Mann. Das traute er sich nicht. Deshalb hielt er einen Abstand ein, von dem er angenommen hatte, dass dieser beim letzten Treffen geschmolzen wäre.

Madame Janssen respektierte den Abstand und ging ins Zimmer. Er folgte ihr, bis sie stehen blieb und sich umdrehte. »Erzählen Sie mir von diesen anderen Umständen. Heitern Sie mich auf«, sagte sie und überbrückte spielerisch die neuerliche Kluft der Fremdheit.

Monsieur Haslinger überlegte. Er fand nicht sofort die passenden französischen Worte. Ein Wort an der falschen Stelle, und der Satz bekam eine unangemessene Bedeutung. Das wollte er vermeiden, deshalb dachte er einen Moment länger nach. Schließlich sagte er: »Nun ja, ich hatte den Brunch bei Ihnen sehr genossen und dachte mir, wir könnten das wiederholen? Oder vielleicht einmal ins Konzert oder ins Museum gehen?«

»Das klingt schön.«

»Wir wollten uns doch kennenlernen?«

»Da haben Sie recht. Aber wir müssen ja nichts überstürzen.«

»Nein, wir haben Zeit«, sagte er und blickte für einen winzigen Moment zu Boden, hob den Blick aber sofort wieder. »Aber erzählen Sie, wie geht es Ihnen?«

»Alles in Ordnung. Nur Routine. Ich muss noch ein paar Untersuchungen über mich ergehen lassen, dann komme ich hier raus. Dann können wir gern etwas unternehmen.«

Ein Arzt kam herein. Ein rüstiger Mann mit Kinnbart, den Monsieur Haslinger von seiner Arbeit als Seelsorger flüchtig kannte. In der Hand hielt er ein Dossier. Aus der Brusttasche seines Kittels zog er einen Kugelschreiber. Ohne aufzublicken, wünschte er einen guten Tag und wartete auf den Moment des Auseinandergehens.

»Ich fürchte, Sie müssen mich mit dem Doktor allein lassen.«

»Kein Problem.«

»Besuchen Sie mich wieder?«

»Morgen?«

»Ja, sehr gern morgen. Au revoir.«

»Au revoir, Herr Pfarrer«, sagte auch der Arzt, und Monsieur Haslinger schluckte. Es fühlte sich an, als hätte er etwas verschwiegen, was er nicht hätte verschweigen sollen. Schließlich wusste Madame Janssen nicht, dass er Pfarrer war. Zumindest dachte er das.

Schamhaft blickte er zu ihr, doch sie reagierte nicht. In ihren Augen war keine Überraschung, keine Neugierde, kein Ärger zu sehen. Sie ließ sich nichts anmerken. Hatte sie es überhört oder schon gewusst? Er wollte etwas sagen, doch damit würde er der Sache eine überhöhte Bedeutung geben, also schwieg er und ging hinaus.

»Ah, Monsieur Haslinger!«, rief sie ihm plötzlich nach.

»Ja.«

Sie ging einen Schritt auf ihn zu, und die Vorahnung, er müsste etwas erklären, was er nicht so einfach erklären konnte, spannte sein Inneres nervös zusammen.

»Meine Blumen«, sagte sie beiläufig, als wäre es ihr gerade eben in den Sinn gekommen. »Ich hatte vergessen, jemanden zu organisieren, der sich um sie kümmert.«

Monsieur Haslinger war erleichtert. »Und das bei der Hitze.«

»Unterlassungssünde. Mea culpa.« Sie lächelte verschmitzt. In ihrer Hand lag ein Schlüssel.

»Nun, jetzt bin ich ja da«, sagte er.

»Ja, jetzt sind Sie da.«

5

Noch am gleichen Tag stand Monsieur Haslinger auf ihrer Terrasse und kümmerte sich um die wild gemischten Blumen mit einer Fürsorglichkeit, die sie, würde sie ihn sehen, beeindrucken müsste. Er inspizierte, wo sich noch Leben fand und was zu retten war. Er zupfte verdorrte Blätter von den Stielen, entfernte Blattläuse, topfte Pflanzen um, düngte und goss je nach Bedürfnis, auch die Kakteen in der Wohnung. Für die Hortensie, die besonders viel Wasser benötigte, bastelte er eine Bewässerungshilfe. Er klebte zwei gleich lange Holzstöcke auf eine Wasserflasche, bohrte ein Loch in den Verschluss und steckte alles kopfüber in die Erde.

Am späten Abend, bevor die Sonne hinter den Dächern verschwand, war er endlich fertig geworden. Er reinigte sein Werkzeug, kehrte die Terrasse, packte seine Sachen und betrachtete alles mit Wohlgefallen. Der Anblick war schön. Die Blumen wirkten wieder lebendig, eine Biene schwirrte gerade davon, und die Luft, die alles umgab, war leicht zu atmen. Madame Janssen würde es gefallen und sie würde mit seiner Arbeit glücklich sein, dachte er.

Bevor er ging, wusch er sich im Bad die Erde von den Händen. Er atmete den süßlichen Duft der Seife. Er führte beide Hände an die Nase und roch. Würden seine Hände nun riechen wie ihre Hände, so tropisch nach Kokosnuss und Avocado?

Ein Gefühl überkam ihn, ähnlich einer intimen Begegnung. Es

war stark, als würde er ihre Hand halten und ihren Duft entdecken, obwohl es nur seine eigenen Hände waren.

Neben dem Waschbecken hing ein Handtuch. Er nahm es, rubbelte sich die Finger trocken und dachte an ihren Gesichtsausdruck, als sie erfahren hatte, dass er Pfarrer war.

Er bedauerte, dass er sich ihr Gesicht nicht besser vergegenwärtigen konnte, dann hängte er das Handtuch ordentlich zurück und wollte gehen. Als er mit dem Werkzeug in der Hand im Eingang stand, fiel ihm ein, dass Madame Janssen ihn im Hinausgehen auch gebeten hatte, ihr ein frisches Nachthemd zu bringen.

Bis dahin hatte er sich nichts dabei gedacht. Er wäre niemals auf die Idee gekommen, ihr die Bitte abzuschlagen. Als er jedoch die Treppe hinaufging und vor ihrem Schlafzimmer stand, ihrer innersten Privatsphäre, stieg Unbehagen in ihm hoch. Plötzlich hatte er das Gefühl, etwas Verbotenes zu tun, obwohl er nichts Verbotenes tat, sondern darum gebeten worden war.

Von der Türschwelle aus blickte er auf eine alte Kommode. Das Furnier war an der Seite ramponiert. Darauf stand eine Vase mit einem getrockneten Strauß Strandflieder. Über dem Bett hing ein Bild, von dem er nicht wusste, was es darstellen sollte. Auf dem Bett war die weiße Bettwäsche schlampig gefaltet. Er sah nichts Besonderes, nichts, was sein Unbehagen rechtfertigte, trotzdem schien ihm jeder Gegenstand besonders zu sein, weil jeder einzelne so viel mehr über ihr Leben wusste als er selbst.

Er trat in ihr Zimmer und nahm ein kleines Bild zur Hand. Ein junger Mann war darauf zu sehen. Er umarmte Madame Janssen. Sie sah jung und fremd aus, unsicher und weich, fast noch ein Mädchen, mit offenem Gesicht und hellen Augen. Er stellte das Bild zurück und öffnete den Schrank. Ihre bunt gemusterten Kleider hingen schön gebügelt auf Kleiderbügeln aus hellem Holz. Ein dunkelgrüner Pullover aus Kaschmirwolle lag zerknüllt darunter.

In den Schubladen befanden sich Unterwäsche und Nachthemden. Alles lag durcheinander, ohne jede Ordnung. Er griff hinein, fand zwischen Höschen und Büstenhaltern ein seidenweiches Nachthemd, nahm es heraus, schloss den Schrank und verließ den Raum.

Auf dem Weg nach unten fragte er sich, ob sie ein Spielchen mit ihm spielte, weil er ihr verschwiegen hatte, dass er Priester war. Vermutlich amüsierte sie sich gerade darüber, wie er verloren in ihrer Wäsche stöberte.

Er musste lachen über den Gedanken, nahm sein Werkzeug, verließ die Wohnung und war glücklich darüber, dass sie ihn durch ihre Welt geführt hatte, egal mit welcher Absicht.

6

Monsieur Haslinger streifte ein Priesterhemd über und steckte den weißen Kollar in den Kragen. Er war gewillt, das Missverständnis mit Madame Janssen um seinen Beruf endgültig aufzulösen, und der schwarze Baumwollstoff sollte ihm helfen, jegliche Zweideutigkeit zu vermeiden.

Eine halbe Stunde später war er bei ihr im Krankenhaus.

»Tatsächlich!«, rief Madame Janssen und bekam einen Lachanfall, dass sie sich auf das Bett setzen musste.

Er mochte ihr Lachen. Es war herzlich. Nichts Verächtliches lag darin. Er war sogar hocherfreut, eine solche Wirkung auf sie zu haben, wenngleich er im ersten Moment nicht ganz sicher war, weshalb sie so ausgelassen lachte. War es wirklich das Priesterhemd? Oder war es seine Frisur? Er war schon lange nicht mehr beim Friseur gewesen.

»Sie sind ja tatsächlich Pfarrer.« Sie sagte es lachend.

»Ja. Im Ruhestand. Amüsiert Sie das?«, fragte er, mit etwas Sorge, dass damit ein Interesse an ihm erlöschen würde, von dem er sich nicht einmal sicher war, ob es existierte.

»Evangelisch?«

Die Frage verwunderte ihn oder besser die Art und Weise, wie sie es aussprach. Es klang nicht, als würde sie nach der Konfession fragen, sondern nach dem Zölibat. Oder hörte er etwas, was nur er allein hörte? »Katholisch«, antwortete er.

Madame Janssen hatte sich beruhigt, wehrte sich aber sichtlich gegen einen weiteren drohenden Lachanfall. »Sie sehen gar nicht aus wie ein Priester.«

»Wollen Sie mich kränken?«

»Nein, bitte entschuldigen Sie. Es war als Kompliment gemeint.«

»Für das Kompliment bedanke ich mich. Ihr Vorurteil kränkt mich aber.«

»Gut. Sie haben mich erwischt. Akzeptiert und Themenwechsel.«

Monsieur Haslinger überreichte ihr einen Beutel mit ihrem Nachthemd und setzte sich.

»Danke«, sagte sie und musste sich abermals zwingen, nicht weiterzusprechen und nicht wieder laut zu lachen.

Sie wechselten das Thema, sprachen über ihre Blumen, die er gepflegt hatte, die Qualität des Essens im Krankenhaus und über Madame Amsberg, die er noch besuchen wollte. Die Konversation verlief beschwingt, dennoch lag sein bisher verschwiegener Beruf weiterhin über ihrem Austausch wie ein Schleier, den man nicht einfach wegziehen konnte. Monsieur Haslinger ahnte, dass sie Fragen hatte, die in ihr gärten, sagte jedoch nichts, weil er ungern über sich selbst sprach.

Schließlich brach es aus ihr heraus. »Weshalb sind Sie Pfarrer geworden?«

»Möchten Sie das ernsthaft wissen?«

»Natürlich!«

»Oder lachen Sie mich wieder aus?«

»Ich schwöre beim lieben Gott, ich werde nicht mehr lachen«, sagte sie, streckte Zeige- und Mittelfinger in die Höhe, kreuzte sie jedoch mit einem neckischen Lächeln.

Monsieur Haslinger hob die Augenbrauen.

»Nein, im Ernst«, sagte sie, »ich würde es wirklich gern wissen. Das Pfarrerleben ist mir derart fern, ich bin sehr neugierig.«

Er sah sie nochmals prüfend an, beschloss, ihr zu glauben, und begann zu erzählen. »Na ja, der Weg war nicht vorgezeichnet. Meine Eltern waren Naturwissenschaftler an der Universität Wien. Dementsprechend hatten sie viele kluge Freunde. Physiker, Biologen, Mathematiker, aber auch Philosophen, Autoren und Maler. Wir hatten oft und viel Besuch. Meine Mutter kochte für sie, meist Topfenknödel, ihre Knödel waren stadtbekannt. Manchmal haben wir nach dem Essen gemeinsam musiziert oder Schach gespielt, vor allem aber wurde diskutiert. Dabei begann ich zu verstehen, dass die intellektuellen Fähigkeiten diese klugen Köpfe nicht selbstverständlich zu besseren Menschen machten. Sie waren nicht uneigennütziger, gütiger oder aufrichtiger als andere Menschen. Manche waren eher hochmütig, selbstgerecht, arrogant, und oftmals waren sie unglücklich. Für mich war kein Vorbild dabei. Außer einem, Herrn Glaser. Er war Pfarrer in der Votivkirche. Er wusste ähnlich viel über die Wissenschaft wie die anderen. Aber sein Inneres war von einer menschenliebenden Seelenruhe bestimmt, und seine bescheidene Lebensweise war ein Abbild dessen, was er lehrte. Diese Vollkommenheit hatte mich beeindruckt. Ich wollte ein Mensch werden wie er und bin deshalb Priester geworden. Wäre er Tischler gewesen, wäre ich heute wohl Tischler.«

Madame Janssen lächelte, dieses Mal zärtlich und still. »Und? Hat es geklappt? Sind Sie ein solch guter Mensch geworden?«

»Nun ja, heute weiß ich, ob man gut ist oder nicht, entscheidet sich mit jeder Tat, mit jedem Wort neu. Das gelingt mir an einem

Tag besser, an einem anderen Tag schlechter. Da ergeht es mir nicht anders als allen anderen Menschen auch.«

»Hatten Sie jemals Zweifel?«

»Woran?«

»An Ihrer Berufswahl und vor allem an Ihrem Glauben. Schließlich waren Ihre Eltern Naturwissenschaftler, da sind Zweifel doch vorprogrammiert, oder?«

»Ich will es so sagen: Ich war stets davon überzeugt, dass Jesus einen biologischen Vater hatte und Gott die Liebe ist, keine strafende Instanz, wie es die Kirche oft vermittelt. In einigen Fragen ergeht es mir nicht anders als vielen meiner Kollegen, die auch an der eigenen Kirche verzweifeln. Anlass dazu gibt es genug. Aber an der täglichen Arbeit als Seelsorger habe ich nie gezweifelt. So grausam und zermürbend es oft war, Menschen durch Krankheiten oder in den Tod zu begleiten, es erfüllte mich, weil ich gebraucht wurde, weil ich tatsächlich helfen konnte.«

Es wurde still im Raum, und seine Worte klangen nach, wie bei einem Klavierstück, nachdem der letzte Ton gespielt war. Für einen Augenblick wartete Monsieur Haslinger auf eine Reaktion, auf eine weitere Frage, doch Madame Janssen sah ihn nur gedankenvoll an.

Als sie nach einem weiteren Augenblick noch immer nichts sagte, klopfte er sich mit beiden Händen auf die Oberschenkel und stand auf. »So, ich muss jetzt zu Madame Amsberg. Beim nächsten Mal erzählen Sie aus Ihrem Leben. Versprochen?«

»Ehrenwort, Hochwürden«, sagte sie und hob abermals Mittel- und Zeigefinger, dieses Mal, ohne sie zu kreuzen.

7

»Ich bin in Kenia geboren«, begann Madame Janssen zu erzählen, »genauso wie mein jüngerer Bruder. Wir wohnten in einem wohlhabenden Viertel von Nairobi, in einem schönen Herrenhaus aus der Kolonialzeit, mit Säulen, Veranda und riesigem Garten. Wir hatten eine Hollywoodschaukel. Mein Bruder und ich schaukelten oft und hoch, dann fühlte sich die heiße afrikanische Luft etwas kühler an.«

Die Tür ging auf, und eine Krankenschwester reckte den Kopf durch den Spalt, um nach dem Rechten zu sehen. Die beiden hörten die Tür aufgehen und die Stimmen im Gang, reagierten jedoch nicht. Sie blieben eng nebeneinander sitzen, blickten aus dem Fenster, sprachen miteinander und hörten dem anderen weiter zu.

»Mein Vater war Diplomat, meine Mutter Schauspielerin. Sie waren viel beschäftigt und ständig unterwegs. Wir Kinder verbrachten die meiste Zeit mit unserer Köchin. Wir gingen mit ihr auf den Markt, kochten, und am Wochenende, wenn meine Eltern keine Zeit für uns hatten, fuhren wir zu ihr nach Hause. Sie hatte fünf Kinder, und ich weiß noch, wie gern ich damals mit allen spielte. Als ich acht war, zogen wir nach Brüssel. Wir wohnten in Ixelles, und an den Wochenenden fuhren wir in unser Haus in Knokke. Ich ging ins Lycée Français, und als ich die Schule beendet hatte, ging ich nach Paris, um Rechtswissenschaften und Afrikanistik zu studieren. Mein Leben verlief bis dahin so, wie man es von mir erwartete.«

Madame Janssen machte eine Pause und starrte durch das Fensterglas in die grelle Nachmittagshitze. Sie schien zu überlegen, wie weit sie sich öffnen wollte, welche Geschichten sie aus ihrem Leben preisgeben und welche sie weiterhin in ihrer Seele verbergen sollte.

Monsieur Haslinger sagte nichts. Er wollte sie nicht drängen, sondern wartete geduldig ab, wie sie ihm ihr Leben schildern wollte.

»Im dritten Semester lernte ich Arnaud kennen. Er studierte Rechtswissenschaften wie ich. Er war ein gut aussehender dunkelhaariger Junge aus einer reichen Pariser Anwaltsfamilie. Sein Leben war ähnlich vorgezeichnet wie das meine. Wir fingen an, miteinander auszugehen, und irgendwann schliefen wir auch miteinander. Ich war nervös und aufgeregt, wir waren vorsichtig, aber natürlich auch jung und naiv.«

Madame Janssen runzelte die Stirn und verzog die Lippen, als wollte sie die Naivität von damals noch immer nicht wahrhaben. »Und dann wurde ich schwanger. Ich war am Boden zerstört und wusste nicht, wie ich alles schaffen sollte. An mir hafteten Tausende Erwartungen, die ich alle erfüllen wollte. Ich sollte eine diplomatische Karriere machen, so wie mein Vater, und zuvor das Studium abschließen. Mir fehlte nur noch ein Jahr bis zum Diplom, also ließ ich das Kind abtreiben. Ich ging einfach zu einem Doktor, der mir unter der Hand empfohlen worden war. Arnaud und meinen Eltern erzählte ich es nicht. Mein Vater hätte sich fürchterlich aufgeregt. Das wollte ich mir ersparen.«

Monsieur Haslinger fühlte einen leisen Stich im Herzen und fragte sich, wie lebendig der Schmerz für Madame Janssen war. Er wagte nicht nachzufragen, sondern versuchte in ihrem Gesicht zu lesen. Ihr Blick blieb jedoch offen. Er änderte sich nicht. Keine

Falte, kein Zucken, kein Anschein eines Schmerzes, der sich hinter ihren Augen bemerkbar gemacht hätte. Es war der Blick einer selbstbestimmten Frau, die in ihrem Leben etwas tat, was andere von ihr nicht erwarteten, die dabei zwar traurig viel verlor, dadurch aber gleichzeitig Stärke und Reife gewonnen hatte.

»Haben Sie es ihnen später erzählt?«

»Nein. Es blieb mein Geheimnis. Meine Mutter ahnte es. Das glaube ich zumindest heute. Mein Vater wusste nichts, zumindest machte er keine Andeutungen.«

»Und Arnaud?«

»Unsere Beziehung hat noch einige Monate gehalten, glücklich wurden wir nicht mehr. Während ich mich veränderte, blieb er der Gleiche. Und weil ich so unglücklich war, trennte ich mich von ihm. Er hat das nicht verstanden. Wie auch? Er war beleidigt und ging direkt nach dem Studium nach Amerika, wo er ein erfolgreicher Anwalt wurde. Jahre später habe ich ihn einmal auf einer Dienstreise besucht. Er war zu dem Zeitpunkt bereits verheiratet und hatte drei Töchter. Ich hatte mich trotzdem gefragt, ob in mir nochmals Gefühle hochkämen, doch da war nichts.«

»Haben Sie später jemanden geheiratet?«

»Ich habe eine diplomatische Karriere eingeschlagen. So wie es für mich vorgesehen war. Ich war ständig auf Reisen. Ich lebte in Japan, im Sudan, auf Haiti und in vielen anderen Ländern. Es war eine aufregende Zeit. Für die wahre Liebe war die Zeit immer zu kurz. Dafür hatte ich viele Liebschaften. Ich lernte den japanischen Prinzen kennen und den Sohn des amerikanischen Präsidenten. Für eine eigene Familie war es irgendwann zu spät. Da habe ich den Zeitpunkt verpasst. Oder ich wollte es unbewusst auch gar nicht, wer weiß das schon. Früher oder später erfindet jeder eine Geschichte, die er für sein Leben hält. Oder eine ganze Reihe von Geschichten. Das sagt man doch so, oder?«

Monsieur Haslinger sah sie an. Er verspürte eine zarte, seelenvolle Wärme in ihr, auch eine unbestimmte Müdigkeit. Deshalb wunderte er sich nicht, als Madame Janssen wortlos aufstand, zurück zum Bett ging, sich hineinlegte und die Decke über die Hüften zog.

Monsieur Haslinger nahm an, dass sie nun für sich allein sein wollte, stand auf und wollte gehen.

»Bitte, bleiben Sie noch.«

»Sicher? Sie sehen müde aus.«

»Ja. Ich schließe nur kurz meine Augen, dann bin ich wieder bei Ihnen. Neben Ihnen sitzen und reden ist nämlich schön.«

8

»Herrgott! Ich dachte schon, Sie kommen nie.« Madame Amsberg
saß auf der Bettkante und drehte ungeduldig einen Gehstock in
den Händen. Ihr Gipsbein hatte sie auf einen Stuhl gestützt. Der
Verband am Kopf war abgenommen worden, stattdessen klebte
ein großes Pflaster auf ihrer Stirn. Am Boden neben dem Stuhl
stand ihre gepackte Ledertasche.

»Ich freue mich auch, Sie zu sehen«, antwortete Monsieur Haslinger und begegnete ihrem mürrischen Blick mit einem friedvol-
len Lächeln, wie es nur Menschen mit geordnetem Innenleben haben.

»Ja, ja. Helfen Sie mir lieber in den Rollstuhl. Ich halte es keine
Minute länger in diesem Irrenhaus aus.« Sie stemmte ihren rund-
lichen Körper hoch und blieb einen Augenblick stehen, um das
Gleichgewicht zu finden.

Monsieur Haslinger eilte zu ihr. Er hielt ihr den Arm hin, damit
sie sich einhängen konnte. Sie packte zu, und er führte sie zum
Rollstuhl. Er konnte ihr Parfüm riechen, es duftete nach Rose,
Orange, Lavendel und passte nicht so recht zu ihrem knorrigen
Gehabe.

»Haben Sie auch nichts vergessen?«

»Wie denn? Ich hatte nie ausgepackt.« Madame Amsberg setzte
sich in den Rollstuhl, stöhnte und deutete unwirsch auf ihre Le-

dertasche. Monsieur Haslinger hob sie hoch und wollte sie selbst tragen, doch weil sie es vehement forderte, stellte er sie auf ihren Schoß.

»Schick sehen Sie aus«, sagte er, um sie zu erheitern, aber auch weil ihm die elegante schneeweiße Bluse auffiel, in deren Ausschnitt eine Perlenkette ihren kräftigen Hals schmückte.

»Sparen Sie sich die Komplimente für Frauen in Ihrem Alter. Gehen wir!«

Er schob Madame Amsberg auf den Gang. Beim Schwesternzimmer hielten sie an und verabschiedeten sich. Dann folgten sie dem Flur bis zum Lift. Dessen Tür öffnete sich, und Madame Janssen stand vor ihnen.

»Oh, welch schöne Überraschung«, sagte sie.

»Bonjour«, sagte Monsieur Haslinger überrascht und schob den Rollstuhl kompliziert beiseite, um Madame Janssen Platz zu machen. Neben einer Palme blieben die drei stehen.

»Wollen Sie mich nicht vorstellen?«, durchbrach Madame Amsberg die steife Situation.

»Entschuldigung. Madame Amsberg, Madame Janssen. Madame Janssen, Madame Amsberg.«

»Freut mich.«

»Ich habe mich schon gewundert, weshalb mich der werte Pastoor so oft besucht. Dann sind Sie wohl der Grund«, sagte die alte Dame, die eine vielsagende Anspannung bei Monsieur Haslinger gewittert hatte.

»Madame Amsberg wird heute entlassen. Ich bringe sie nach Hause«, beeilte sich Monsieur Haslinger zu sagen, um den aufkeimenden Schlagabtausch zu beenden.

Madame Amsberg ließ sich jedoch nicht unterbrechen. »Es wird ohnehin Zeit, dass er eine Frau findet. Das würde ihn noch sympathischer machen. Dieses frauenlose Pfaffenleben ist doch wider die Natur. Ich habe nie verstanden, wie man sich einen derart qualvollen Schwachsinn ausdenken kann.«

Madame Janssen lachte liebenswert. Das Licht aus den breiten Fenstern fiel dabei auf ihr Gesicht, und in ihrem Blick spiegelte sich unübersehbar Bewunderung für die Direktheit der alten Dame.

»Madame Amsberg, Ihnen ist wirklich nichts heilig. Wollen Sie mich in Verlegenheit bringen?«, sagte Monsieur Haslinger. Er beugte sich zu ihr und blickte sie an, mehr ernst als amüsiert.

»Das halten Sie schon aus. Irgendwer muss Sie aufwecken. Oder wollen Sie Ihr ganzes Leben in diesem katholischen Verein verwesen? Sie sind doch viel zu gut für diese Kirche mit ihren lächerlichen Bischöfen und Päpsten.«

Madame Amsberg wandte sich wieder Madame Janssen zu. Mit einer Handbewegung bedeutete sie ihr, näher zu kommen, damit sie ihr ein Geheimnis anvertrauen konnte. Madame Janssen bückte sich, nahm mit einem herzlichen Griff ihre Hand und wandte der Witwe ihr Ohr zu.

»Mijn liefste, der werte Pastoor hat schon einigen Frauen den Kopf verdreht. Der war sehr beliebt in seiner Gemeinde. Wenn die Männer nicht dabei waren, schwärmten die Frauen von seinem Aussehen und fragten sich, ob er eine heimliche Geliebte habe. Doch da war niemand. Das weiß ich. Bisher haben sich alle die Zähne an ihm ausgebissen. Ich hoffe, Sie haben mehr Glück.«

Monsieur Haslinger hörte alles. Er wurde leicht rot, und eine unerträgliche Hitze stieg in ihm hoch, weil er nicht wusste, dass er die Fähigkeit besaß, bei Frauen ein derartiges Verlangen zu wecken. Er musste sämtliche Kräfte mobilisieren, um weiter einen amüsierten und keinen verwirrten Eindruck zu machen.

»Übertreiben Sie es nicht, Madame Amsberg. Sie wissen, was der Doktor gesagt hat. Wenn Sie Unsinn reden, muss er Sie für verrückt erklären und zurück auf Ihr Zimmer bringen.«

»Ach, ich bin uralt, es wäre ein biologisches Wunder, wenn mein Geisteszustand für normal gelten würde.«

Monsieur Haslinger schüttelte den Kopf. Er seufzte und suchte nach Verständnis in den Augen von Madame Janssen, in denen sich noch immer ihr unterdrücktes Lachen zeigte.

»Ich bringe Madame Amsberg jetzt besser nach Hause.«

»Machen Sie das«, sagte Madame Janssen.

Die drei nahmen Abschied voneinander, und Monsieur Haslinger schob Madame Amsberg in den Aufzug. Als sich die Tür hinter ihnen schloss, fragte die Unternehmerwitwe: »Was macht sie beruflich?«

»Sie war Diplomatin.«

»Für die belgische Regierung?«

»Ja und für die EU-Kommission.«

»Oh, eine EU-Beamtin und trotzdem charmant. Das ist selten. Da sollten Sie schnell zuschnappen.«

Sie verließen das Gebäude. Ein warmer Regen hatte den heißen Asphalt heruntergekühlt, und es war windig. Sie gingen gegen den Wind Richtung Place Brugmann.

Madame Amsberg stellte das Meckern ein. Auch Monsieur Haslinger sagte nichts mehr. Er schob sie stumm nach Hause. Dabei konzentrierte er sich nicht auf das, was vor ihm zu sehen war, sondern auf das, was Madame Amsberg über ihn gesagt hatte, und ob sie recht oder unrecht hatte.

9

»Wie geht's Ihnen heute?«

»Gut, danke. Morgen kommen die letzten Ergebnisse, dann weiß ich mehr.«

»Das freut mich zu hören«, sagte Monsieur Haslinger. Er saß auf einem Stuhl neben dem Bett von Madame Janssen. Das Fenster stand offen, und das Rauschen der Autos auf der Rue Vanderkindere war zu hören. Auf dem Tisch standen mehrere Vasen mit Lilien, weißen Rosen, Sonnenblumen, Gerbera und eine Orchidee. Nicht alle Blumen waren von ihm, und er hätte gern gewusst, wer ihr noch welche geschenkt hatte.

»Gestern Abend musste ich noch lange an Madame Amsberg denken«, sagte sie.

»Tatsächlich?«

»Ja. Ich hoffe, Sie waren ihr nicht böse?«

»Ach nein, ich kenne sie seit Jahren und mag ihre verschrobene Art.«

»Sie ist sehr direkt.«

»Das kann man wohl sagen.«

Madame Janssen lag im Bett. Sie richtete sich auf, trank einen Schluck Tee. »Darf ich Sie etwas Persönliches fragen?«

»Warum nicht? Fragen Sie nur.«

»Hatten Sie jemals den Wunsch nach einer eigenen Familie?«

Monsieur Haslinger sah sie an. Ihr Blick war aufmerksam, und unter ihren Augen lag ein winziger Schatten.

Als er nicht antwortete, sagte sie: »Ist Ihnen die Frage unangenehm?«

»Nein. Nein.« Monsieur Haslinger blickte zu Boden. Er überlegte, die Geschichte von seiner Schulliebe Mathilde preiszugeben. Doch er verwarf den Gedanken wieder. Er fand es richtiger, die kleine Erinnerung für sich zu behalten, also sagte er nur: »Natürlich hatte ich den Wunsch.«

»Und?«

»Na ja, früher war der Wunsch stark. Doch die Vorstellung von einer eigenen Familie war wie der Blick durch eine dicke Glastür, durch die ich nicht gehen konnte. Eine innere Überzeugung hielt mich zurück. Das war schmerzhaft, zumindest an manchen Tagen. Mit den Jahren wurde der Wunsch aber schwächer, vor allem weil ich merkte, wie gern ich Pfarrer war.«

»Und der Sex?«, fragte Madame Janssen, als ob es eine gewöhnliche Frage wäre.

»Wie meinen Sie das?«

»Bitte entschuldigen Sie meine Neugier. Aber Sie sind ein attraktiver Mann. Ich kann mir nicht vorstellen, dass Sie niemals die Möglichkeit dazu hatten.«

»Sie wollen wissen, ob ich schon einmal Geschlechtsverkehr hatte?«

»Ja.«

Monsieur Haslinger inspizierte seine Finger. Er fühlte sich von der Frage überrumpelt und kam sich plötzlich klein vor. »Nein, hatte ich nicht.«

»Aber Sie hätten es gerne gehabt?«

Jetzt amüsierte sich Madame Janssen über ihre Frage. Das erkannte er an ihren Lippen, die sich schelmisch verzogen.

Monsieur Haslinger blieb sachlich. »Ähm … natürlich. An manchen Tagen war die Sehnsucht nach den zärtlichen Händen einer Frau unerträglich groß, und ich musste hart gegen meine Neigung kämpfen.«

»Niemals schwach geworden?«

»Nein.«

»Wirklich?«, fragte sie neckisch, weil sie es offenbar nicht glauben konnte.

»Ja, wirklich.«

»Kann ich mir nicht vorstellen.«

»Geholfen hatte mir der Gedanke, dass ein erotisches Vergnügen nicht Glück bedeutet. Denn ein Vergnügen ist flüchtig, es wechselt sich ab, vergleichbar mit einer kurzen Freude. Glück hingegen ist ein Zusammenspiel von Liebe, Seelenstärke und innerem Frieden. Das war es, was ich suchte.«

Monsieur Haslinger war verwundert über seine eigene Offenheit. In seinem Leben war es nicht oft vorgekommen, dass ihn jemand nach seinen intimen Gedanken fragte. Normalerweise öffneten sich die Menschen ihm gegenüber. Nun war es umgekehrt. Madame Janssen hatte offensichtlich etwas, was ihn zum Reden brachte. Das gefiel ihm.

»Und Ihre Kollegen?«

»Sie meinen, ob alle Priester das Zölibat leben, wie es vorgesehen ist?

»Ja.«

»Nein, das tun sie nicht. Vermutlich sind es nur zehn Prozent. Viele führen eine heimliche Beziehung. Das ist unschön. Es ist seelisch enorm anstrengend, seine Liebe verbergen zu müssen.«

»In Afrika würde man Priester komisch ansehen, wenn sie keine Familien hätten.«

»Ich weiß, und je älter ich werde, desto mehr zweifle ich auch, ob das Zölibat nicht mehr Schaden anrichtet, als es nützt. Schließlich kenne ich viele gute Kollegen, die heimlich eine Frau oder einen Mann lieben und darunter leiden.«

»Sie sollten mit ihnen nach Rom pilgern und den Herrschaften die Realität vor Augen führen.«

Er lachte. »Ich muss gestehen, auf diese Idee bin ich noch nie gekommen.«

»Wirklich?«

»Ja, wirklich. Und wenn Sie denken, ich wäre der richtige Mann dafür, dann muss ich Sie enttäuschen. Ich bin kein Revolutionär. Mir liegt das Kleine, das Konkrete, der Konsens, nicht das Große oder der Konflikt. Ich bin nicht besonders stark.«

Das Gespräch machte Pause, und ihm fiel auf, dass Madame Janssen dichter an ihn herangerutscht war. Er wusste nicht, ob sie es mit Absicht getan hatte, um ihn besser zu hören, aber er genoss ihre Nähe.

»Danke für Ihre Offenheit«, sagte sie plötzlich.

»Danke, dass Sie mir zuhören.«

»Wir sollten uns das Du anbieten.«

»Das sollten wir.«

»Elise.«

»Josef.«

10

Um acht Uhr morgens räumte Monsieur Haslinger Schubladen, Schränke und Regale aus. Er nahm Gläser, Teller und Bücher, stellte sie auf den Tisch und wischte die staubigen Oberflächen sauber. Dabei dachte er an Madame Janssen, die ihn gestern einen attraktiven Mann genannt hatte. Die Aussage war ihm nicht groß aufgefallen, doch jetzt wog sie schwer, und er hätte gern gewusst, ob sie es nur beiläufig dahingesagt oder ihm ein bewusstes Kompliment gemacht hatte.

Er stellte die Gläser, Teller und Bücher an ihren angestammten Platz zurück, hob die Stühle auf den Tisch, holte den Staubsauger und begann Teppich und Boden zu saugen. Als er fertig war, beschloss er, sie zu besuchen. Er zog Sakko und Schuhe an, nahm Schlüssel und Regenschirm zur Hand und machte sich auf den Weg zu ihr.

Die Empfangshalle war leer, nur ein alter Mann im offenen Morgenmantel ging den Gang auf und ab, und Monsieur Haslinger erreichte das Zimmer von Madame Janssen, ohne ein bekanntes Gesicht gesehen zu haben.

In der offenen Tür blieb er stehen und suchte nach ihr. Die Jalousien waren herabgelassen, das Zimmer lag im Halbdunkel. Er sah sie nicht, trat ein und fand sie im Badezimmer. Sie beugte sich über das Waschbecken, wusch ihr Gesicht und ließ Wasser über ihren Nacken laufen. Dann zog sie ein Papierhandtuch aus dem Spender, faltete es, machte es nass und presste es auf ihre Augen. Sie sah anders aus. Sie war kreidebleich und wirkte todmüde. Ihr ganzes Strahlen war entwichen, als gäbe es einen Riss in ihrer Hülle, und in ihren Augen lag eine Ernsthaftigkeit, die er an ihr nicht kannte. Vielleicht war es nur eine Täuschung, dachte Monsieur Haslinger, entstanden aus dem künstlichen Licht im Bad.

Er grüßte freundlich, und sie quälte sich zu einem Lächeln. Dann schlich sie wortlos an ihm vorbei, öffnete das Fenster, zog die Jalousien hoch, lehnte sich an das Fensterbrett, hielt ihr nasses Gesicht in die kühle Luft und atmete tief ein.

Monsieur Haslinger blieb wie angewurzelt stehen und musterte sie: Ihr weißes Haar, das sie hochgesteckt hatte, den grünen Pullover aus Kaschmirwolle, den sie über dem weißen Nachthemd trug, und die ledernen Mokassins, in denen ihre Füße steckten.

Er ging zu ihr, legte den Arm um ihre Schulter, nahm sie zur Seite und sagte: »Komm, es ist kühl, du erkältest dich.«

Monsieur Haslinger schloss das Fenster und zog einen Stuhl für sie heran, ganz vorsichtig, er wollte kein Geräusch machen, denn jeder Lärm schien sie anzustrengen. »Setz dich lieber«, sagte er.

Madame Janssen setzte sich aber nicht. Sie blieb stehen, wie ein Geist, totenbleich. So hatte er diese starke Frau noch nie erlebt. Er hoffte, es sei nur ein Zustand von Müdigkeit und Schwäche, den man mit Geduld und guter Pflege abwarten müsse.

»Elise …«, sagte Monsieur Haslinger, »… ist alles in Ordnung? Was ist los mit dir?«

Er wünschte, sie würde etwas sagen. Wenigstens etwas Leises, damit er hören konnte, dass es ihr halbwegs gut ging. Doch sie schwieg und rührte sich nicht, starrte nur ins Leere.

Plötzlich wurden ihre Knie weich. Sie versuchte sich mit der

Hand auf die Stuhllehne zu stützen, doch ihre Beine gaben nach, und sie sackte zusammen und fiel zu Boden.

»O Gott!« Monsieur Haslinger war sofort überwach. Er kniete sich zu ihr und beugte sich über sie. Ihre Lider waren halb geschlossen, die Lippen leicht geöffnet, das Gesicht verschwitzt und rot. Sie war nicht bei Bewusstsein, aber sie atmete, das konnte er hören und sehen.

Er legte ihr die rechte Hand auf die Stirn und fühlte die Temperatur. Sie war heiß, sehr heiß. »Kannst du mich hören?«, sagte er laut.

Sie erwachte nicht.

Er zog sein Sakko aus und stopfte es ihr unter den Kopf. »Ich bin gleich wieder bei dir.«

Mit einem Ruck stand er auf und drückte den Notfallknopf am Bett. Dann kniete er erneut neben ihr, wischte über ihre schweißnasse Stirn, nahm ihr eine feuchte Haarsträhne aus dem Gesicht, hielt sie im Arm und sprach leise auf sie ein. »Gleich kommt Hilfe. Gleich.«

Ein Krankenpfleger kam herein. Er warf einen Blick auf sie, ging schnell zum Bett, drückte hastig den Notfallknopf, dann fühlte er ihren Puls. »Was ist passiert?«

»Sie stand eben noch am Fenster, dann fiel sie in Ohnmacht.«

Eine junge Krankenschwester kam hinzu. »Können Sie bitte zur Seite rücken, damit wir uns um Madame Janssen kümmern können«, sagte sie.

Monsieur Haslinger stand auf, trat einen Schritt zurück und blickte sorgenvoll auf den tristen Krankenhausboden, wo Elise Janssen noch immer regungslos lag.

II

Er beobachtete sie im Schlaf. Ihren stillen Atem, das Zucken der Augenlider, die Manschette, die um ihren Arm gelegt war, um den Blutdruck zu messen, und die Infusionsnadel in ihrer Vene. Sie sah schwach aus. Ihr Körper war blass und erschöpft. Gern hätte er ihre Hand gehalten, sie gestreichelt, aber er tat es nicht. Einmal fuhr er ihr durchs Haar. Es war verschwitzt. Ansonsten sah er sie nur an.

Am Abend öffnete Madame Janssen die Augen. Sie blinzelte, spähte an die Decke, blickte einmal quer durch den Raum, dann sah sie ihn an.

»Hast du gut geschlafen?«, fragte er.

Sie sagte nichts. Vermutlich wollte sie nicht sprechen, oder sie konnte nicht sprechen. Sie sah ihn nur an, wie er dasaß und sie anblickte. Spät sagte sie: »Ich weiß nicht. Ich glaube schon.«

Madame Janssen versuchte sich aufzusetzen. Es fiel ihr nicht leicht. Die Bettdecke war steif und schwer. Die Bewegung strengte sie an.

Monsieur Haslinger stand auf, griff ihr unter den Arm und half ihr hoch. Als sie mehr saß als lag, schüttelte er das Kopfkissen auf und stützte sie abermals, als sie in das Kissen zurücksank. »Liegst du jetzt bequem?«

»Ja. Danke.«

Monsieur Haslinger blickte sie aufmerksam an. Ihr Mund wirkte trocken. Die Lippen waren spröde. Er reichte ihr ein Glas Wasser, und sie trank einen Schluck.

»Schön, dass du noch hier bist«, sagte sie. Ihre Stimme klang fiebrig. Ihr Blick lag auf dem Glas, das sie versuchte abzustellen.

»Ich wollte bei dir sein, wenn du aufwachst.«

Sie sah ihn an, formte die Lippen zu einem kurzen Lächeln.

»Wie geht es dir?«, fragte er.

Madame Janssens Gesicht zeigte Verwirrung, als könnte sie ihren Zustand noch nicht so recht realisieren. »Was ist passiert?«

»Du bist ohnmächtig geworden und hingefallen. Jetzt hast du eine Schramme.« Er deutete auf ihre rechte Schläfe. Dabei berührte er mit der Fingerspitze unabsichtlich ihr Gesicht. Er zog die Hand rasch zurück und sagte: »Als du zu dir gekommen bist, haben dich die Krankenpfleger ins Bett gebracht. Du hast einige Medikamente bekommen und bist eingeschlafen. Sie sagten, du hättest einen Schwächeanfall gehabt.«

Madame Janssen zog die Hand unter dem Laken hervor, besah sie von beiden Seiten und ließ sie wieder fallen. Dann schob sie die Decke nach unten, über ihre Brust, bis zu den Hüften. »Es ist heiß hier drinnen.«

Monsieur Haslinger stand auf und öffnete das Fenster. Das Läuten der Kirchenglocken am Place Brugmann war zu hören. Luft zog herein. Sie war frisch und roch nach Regen.

Madame Janssen beobachtete ihn. Er bemerkte es erst, als er sich wieder setzte.

»Hast du Hunger? Ich könnte dir eine Kleinigkeit besorgen.«

»Nein, danke.«

»Gibt es sonst etwas, was ich für dich tun kann? Soll ich jemanden anrufen?«

»Nein, bitte nicht. Du tust schon genug. Ich kann froh sein, dass ich so gut von dir umsorgt werde. Nicht viele Menschen haben ein solches Glück.«

Monsieur Haslinger nahm ihre Hand. Jetzt, da sie wach war, wagte er es. Er drückte sie sanft und freundschaftlich. »Ich mache das gern«, sagte er.

Sie sah ihn an. Er sah sie an. Ihr weißes Haar, das offen auf dem Kopfkissen lag, und ihre Augen, die aussahen, als würden sie aus zwei Schichten bestehen, aus einer blauen und einer grauen.

»Elise, willst du mir sagen, warum du wirklich hier im Krankenhaus bist?«

Ein Krankenpfleger kam herein. Es war der junge Mann, der Madame Janssen in ihrer Ohnmacht geholfen hatte. Er war groß und dünn wie ein Marathonläufer. Seine Wangen waren glatt rasiert, und er trug eine kreisrunde Brille, die ihm viel zu klein war. Er prüfte wortlos die Temperatur und die Infusion und ging ebenso wortlos hinaus.

Sie waren wieder allein, und Monsieur Haslinger wiederholte seine Frage, dieses Mal mit einem eindringlichen Blick.

»Es ist nichts. Alles ist gut. Bald werde ich entlassen«, antwortete sie.

Monsieur Haslinger wusste nicht, ob er ihr glauben sollte. Ihr Gesichtsausdruck schien etwas anderes zu sagen. Er nahm an, sie wäre hart zu sich selbst und es fiele ihr schwer, zu sagen, wie es ihr wirklich ging. Er überlegte, ob er nochmals nachhaken sollte, doch er ließ es bleiben. Schließlich war es ihr gutes Recht, zu schweigen oder nur das auszusprechen, was sie mitteilen wollte.

Er schloss das Fenster. Als er zurück ans Bett trat und sie ansah, stand sein Zweifel über ihre Antwort noch im Raum. Er fühlte ihn und wusste, dass auch sie seinen Zweifel spürte. Kurz hoffte er, sie würde sich erklären, doch sie wandte den Kopf zur Seite und schloss die Augen. Das Gesicht leicht verzerrt, ganz so, als würde ihr Kopf schmerzen.

»Schlaf dich gesund.« Er ging ins Bad, betrachtete sich etwas ratlos im Spiegel, beugte sich über das Waschbecken und wusch sich das Gesicht mit kaltem Wasser. Später ging er zum Kaffeeautomaten auf dem Gang, um einen Tee zu ziehen. Er warf eine Münze in den Schacht und wartete, bis die Maschine einen braunen Plastikbecher ausgab. Er nahm den Becher und ging zurück in ihr Zimmer.

Die Tür schloss er leise, um sie nicht zu erschrecken und den Lärm der Menschen zu dämpfen, die vorbeigingen oder sich im Gang unterhielten. Dann trat er wieder an ihr Bett.

Sie war eingeschlafen. Er setzte sich neben sie, nippte an dem heißen Tee und blieb bei ihr, bis spät in die Nacht.

12

Als Monsieur Haslinger am nächsten Tag vor ihrem Zimmer stand, wischte er sich mit der Hand über den Nacken, um die frisch geschnittenen Haare aus dem Hemdkragen zu entfernen. Dann klopfte er und wartete auf eine Reaktion.

Niemand antwortete.

Ein zweites Mal wollte er nicht klopfen, da er annahm, sie würde noch schlafen, also öffnete er geräuschlos die Tür und trat ein.

Zu seiner Verwunderung schlief sie nicht. Sie lag nicht einmal im Bett. Was ihn noch mehr verwunderte. Sie saß angekleidet auf dem Stuhl und schlüpfte in ihre Straßenschuhe. »Ich bin gleich so weit«, sagte sie, als hätte sie sein Kommen erahnt und als wollte sie mit ihm irgendwohin gehen.

Er blieb an der Tür stehen und wartete, ohne zu wissen, worauf er wartete. Dabei musterte er ihr Gesicht, das ihm vertraut und lieb geworden war, während er an ihrem Bett gesessen hatte. Sie wirkte gut erholt. Ihre Wangen hatten wieder Farbe bekommen, und es hatte den Anschein, als wäre ihr Strahlen zurückgekehrt.

Sie stand auf und blieb einen Moment stehen, um ihn zu betrachten. »Du warst beim Friseur?«

Monsieur Haslinger hatte gehofft, sie würde es nicht bemerken. Jetzt fühlte er sich ertappt und zupfte an seinem Hemdkragen.

»Hast du dich für mich schön gemacht?« Sie nahm ihn auf den Arm. Es schien ihr wieder besser zu gehen.

Er wusste, dass sie ihn aufzog, und lächelte mit ihr. »Lügen darf ich wohl nicht?«

»Ich schon. Du nicht.«

»Na gut, du hast mich erwischt. Ich war beim Friseur und hoffe, es gefällt dir.«

»Es steht dir gut.«

»Findest du? Sind sie nicht zu kurz?«

»Mir gefällt's«, sagte sie, ohne dass er einen Zweifel heraushören konnte.

Sie wandte sich um, nahm ihren Pulli von der Stuhllehne, kam auf ihn zu und gab ihm zur Begrüßung einen Kuss auf die Wange. »Gehen wir ein paar Schritte?«, fragte sie.

»Fühlst du dich kräftig genug?«

»Es geht mir gut. Ich muss nur endlich wieder an die frische Luft und einen Baum sehen und die Vögel hören.«

»Darfst du das Krankenhaus verlassen?«

»Wer soll es mir verbieten?«

Monsieur Haslinger wusste keine Antwort. Er fand auch keinen Grund für einen Einwand. Draußen war es warm und trocken. Die Luft war besser als im Gebäude, also widersprach er nicht und ging hinter ihr aus dem Zimmer.

Sie verließen das Krankenhaus und spazierten die Rue Edith Cavell entlang in Richtung Süden, querten die Avenue Winston Churchill und gingen weiter dorthin, wo die schönen Häuser mit Vorgärten und hochgewachsenen Bäumen standen. Dabei sprachen sie nicht viel. Nur hier und da, wenn sie ein außergewöhnlich schönes Haus sahen, besondere Blumen oder einen einzigartigen Baum. Dann blieben sie einen Augenblick stehen, betrachteten es gemeinsam, sprachen darüber, ehe sie wieder weitergingen.

Nach einer halben Stunde machten sie Pause. Eine Linde stand leicht zurückgesetzt von der Straße auf einem Stück Rasen. In ihrem Schatten befand sich eine Parkbank. Monsieur Haslinger zog ein Stofftaschentuch aus der Hosentasche und wischte die Holzlatten sauber. Dann nahmen sie Platz, lehnten sich zurück und ruhten sich aus.

»Ich vermisse die Natur«, sagte Madame Janssen schließlich. Sie sah aus, als dächte sie an etwas, was sie traurig stimmte.

Ihr Anblick berührte ihn. Gern hätte er sie umarmt, ihr die Last von den Schultern genommen. Doch noch ehe er dem Gedanken folgen konnte, sprach sie weiter. »Morgen werde ich entlassen.«

»Oh, das ist ja wunderbar.«

»Holst du mich ab?«

»Wenn du das möchtest?«

»Ich wäre sehr froh darüber.«

»Dann komme ich gern.«

Langsam gingen sie zurück. Kurz vor dem Tennisklub Uccle Churchill hängte sich Madame Janssen an seinem Arm ein. Sie umklammerte ihn auffallend fest und schmiegte ihren Körper an den seinen. Dabei fragte sie nach nichts und erzählte auch nichts, und es schien ihm, als wäre es für sie etwas Selbstverständliches und als teilte sie seine Erregung nicht im Geringsten. Er tat nichts dagegen. Er genoss ihre Nähe und hatte das Gefühl aufzublühen.

Nach ein paar Schritten begegneten sie Menschen. Kindern mit Tennisschlägern, die im Park Montjoie verschwanden. Eine Frau mit Kinderwagen, die an ihnen vorbeispazierte. Ein Mann im Anzug, der Einkäufe nach Hause trug und dabei telefonierte.

Monsieur Haslinger blickte von einem Straßenende zum anderen und versuchte sich vorzustellen, was die Passanten wohl in ihnen sehen würden. Eine Frau, der kalt war? Die seelischen Halt suchte? Oder sahen sie einen Mann und eine Frau, die vertraut miteinander waren? Ein Liebespaar?

»Du wirkst angespannt. Soll ich deinen Arm wieder loslassen?«, fragte sie.

»Nein, bitte nicht«, sagte er, und als der Wunsch ausgesprochen war, wurden seine Schritte leichter, und er wusste, dass dieser Moment ein langes Leben hatte.

13

Doktor Hoffmann stand auf dem Balkon von Monsieur Haslinger und blickte in den Hinterhof. Er war aus dem Urlaub in Südfrankreich zurückgekommen. Auf dem Kopf trug er einen Sonnenhut aus Stroh. Sein Gesicht war braun gebrannt, sein Oberkörper umhüllt von einem faltigen weißen Leinenhemd, das nonchalant aus der Hose hing. Die beiden obersten Knöpfe waren offen, und sein graues Brusthaar war zu sehen. Er sah aus, als wäre er noch nicht in Brüssel angekommen, sondern würde noch immer im Jachthafen von Antibes stehen und die teuren Boote und die Bewegungen der hübschen Frauen beobachten.

Die salzige Mittelmeerluft, die Sonne, der Duft von Lavendel, der Abstand zur Arbeit, all das schien ihm gutgetan zu haben, dachte Monsieur Haslinger. Er nahm die Rotweinflasche zur Hand und drehte den Korken raus.

Das dumpfe Ploppen war zu hören, und Doktor Hoffmann tauchte mit einem Mal aus seinen Urlaubserinnerungen empor. Er wandte sich um, nahm den Strohhut ab, legte ihn unter den Tisch mit dem Schachbrett, fuhr sich mit den Fingern durch sein borstiges Haar und setzte sich auf den Klappstuhl. »Kein Champagner heute?«

»Heute nicht.«

»Schade.«

Monsieur Haslinger schenkte ein, sie stießen an, tranken einen Schluck und eröffneten die Partie. Das Spiel begann gemächlich. Sie zogen ohne Hast und spielten wortlos. Selbst Doktor Hoffmann sagte nichts. Er kommentierte keinen Zug, nahm keinen zurück, lobte oder verfluchte keine Entscheidung und redete nicht davon, wie klug er den Turm gegen den Läufer getauscht oder wie raffiniert er den Bauern geopfert hatte. Er spielte still vor sich hin, und Monsieur Haslinger gefiel diese besonnene Art. Selbst als Doktor Hoffmann mit der Dame den Turm auf f6 schlug und dabei den Läufer übersah, ärgerte er sich nicht. Stattdessen zog er ein Lederetui aus der Brusttasche, öffnete den Deckel, nahm eine Zigarre heraus, schnitt das Mundstück an, entzündete ein Streichholz, hielt es an das Ende und zog mehrmals kräftig, sodass im Licht der Flamme seine gelassenen Gesichtszüge zum Ausdruck kamen.

»Du blickst heute gar nicht rüber«, stellte Doktor Hoffmann fest. Als er es sagte, behielt er die Zigarre im Mund und paffte, bis der würzige Duft in der Luft hing und die Rauchwolke im Hinterhof zirkulierte.

Monsieur Haslinger verstand die undeutlichen Worte, tat aber, als hätte er sie nicht gehört, und konzentrierte sich weiter auf das Spiel.

Doktor Hoffmann zog nochmals an der Zigarre, sog den Rauch genüsslich ein, hielt ihn ein wenig in der Lunge und ließ ihn langsam durch den Mund entweichen, sodass er sanft und träge in die Höhe stieg. Dann bohrte er weiter: »Weißt du schon, wie sie heißt?«

»Wer?«

»Na, die Frau auf der Terrasse?«

Monsieur Haslinger wurde hellhörig. Er hätte gern etwas Beiläufiges gesagt, um das Thema nicht aufkeimen zu lassen. Ihm fiel aber nichts ein, deshalb stand er auf und verschwand in der Küche, um einen Aschenbecher zu holen.

Auf dem Weg suchte er nach Worten, die seine Situation beschreiben könnten, aber in keiner Sprache, die er kannte, gab es welche, die gepasst hätten. Und als er zurück auf den Balkon trat, den Aschenbecher auf den Tisch stellte, wusste er noch immer nicht, wie und was er sagen sollte. »Janssen. Elise Janssen heißt sie«, sagte er schlicht, als er sich setzte, weil in den Augen von Doktor Hoffmann noch immer Neugierde schimmerte.

»Und?«

»Was und?«

»Habt ihr euch bereits kennengelernt?«

Monsieur Haslinger wusste nicht, wie er sich verhalten sollte. Er tat, als würde er angestrengt über den Spielzug grübeln, doch eigentlich fragte er sich, warum er so herumdruckste und nicht einfach erzählte, was war. Schließlich musste er nichts vor seinem Freund verheimlichen.

»Ja, haben wir.«

»Und weiter?«

»Da ist nichts weiter.«

»Dann wird es aber allmählich Zeit.«

»Komm, lass uns spielen.« Mit einer auffordernden Handbewegung deutete Monsieur Haslinger auf das Schachbrett.

Doktor Hoffmann sah jedoch nicht so aus, als würde er weiterspielen wollen. Vielmehr zog er nochmals genüsslich an seiner Zigarre und hakte genauso genüsslich nach: »Magst du sie?«

Monsieur Haslinger atmete tief aus. »Ja, ich mag sie.«

»Und mag sie dich?«

—

»Na, sag schon.«

»Ich denke schon. Heute waren wir jedenfalls spazieren, und sie hat sich bei mir eingehängt.«

»Das ist doch schön.«

»Ja, das ist schön. Ich hoffe nur, es hat uns niemand gesehen.«

»Ach! Jemanden kennenzulernen und zu merken, dass man den anderen mag und dass er einen mag, das ist doch etwas Gutes.«

»Schon. Aber die Leute kriegen es mit. Das spricht sich rum.«

»Natürlich kriegen die Leute es mit, aber ich würde darauf pfeifen. Niemand wird heutzutage etwas dagegen haben.«

»Meinst du wirklich?«

»Ja, sicher.«

»Ach, ich weiß nicht«, flüsterte Monsieur Haslinger und blickte in den Hinterhof, wo die Abendsonne das Zitronenbäumchen von Madame Janssen orangerot einfärbte.

14

Am nächsten Morgen fuhr Monsieur Haslinger mit der Tram nach Saint-Gilles zum Haus von Doktor Hoffmann. Vorsichtig öffnete er das Garagentor. Er hatte nicht gefragt, um welches Auto es sich handelte, als Doktor Hoffmann ihm die Idee aufgeschwatzt hatte. Aber jetzt, als er den windschnittig gebauten Zweisitzer sah, wünschte er, er hätte es getan.

Damit sollte er fahren? Und überhaupt: Wie sollte er einsteigen und aus dieser engen Garage kommen, ohne die Wand zu touchieren?

Monsieur Haslinger verstaute Decke und Picknickkorb im Kofferraum und zwängte sich in den Wagen. Eine Weile suchte er das Zündschloss, das sich in der Mittelkonsole befand, dann startete er den Motor, steuerte unbeschadet rückwärts hinaus, stieg aus, schloss das Garagentor und fuhr los.

Die Straßen waren eng und viel befahren. Links und rechts parkten Autos. Er hatte Sorge, dass jemand, ohne sich umzudrehen, die Autotür öffnete oder dass ein Kind überraschend auf die Straße gerannt kam, deshalb fuhr er auffallend langsam. Absurd musste das aussehen, dachte er, und absurd fühlte es sich an. Die Lenkung, das Gaspedal, die Bremse, alles in diesem PS-starken Sportwagen reagierte über.

Vorm Krankenhaus war eine Parklücke frei. Sie war schmal,

und er musste rückwärts einparken. Er konnte sich nicht erinnern, wann er das zum letzten Mal gemacht hatte. Sollte er einen Parkschaden verursachen, würde er lachen. Das hatte er sich vorgenommen, denn Madame Janssen stand bereits am Ausgang und beobachtete ihn.

Er legte den Retourgang ein, blickte über die Schulter und lenkte den Wagen zurück. Ganz ohne Probleme, wie er es gehofft hatte. Er stellte den Motor ab und stieg aus.

Madame Janssen kam auf ihn zu. »Der ist aber schön!«, rief sie ihm mit einem breiten Lächeln zu.

Monsieur Haslinger begann zu strahlen. »Gefällt er dir?«

»Der ist grandios. Ist das deiner?«

»Nein, der gehört einem Freund.«

»Wirklich toll!«

Monsieur Haslinger nahm ihre Tasche, öffnete die Beifahrertür, und sie stieg ein. »Geht es?«

»Ja, danke.«

Er verstaute die Tasche und fuhr los.

Weil sie den Innenraum des Wagens bewunderte und ausführlich über ihr eigenes altes Auto sprach, bemerkte sie nicht sofort, dass er stadtauswärts Richtung Süden fuhr, durch den Bois de la Cambre. Erst spät fragte sie: »Wohin entführst du mich?«

»Wir machen einen Ausflug.«

Sie überquerten die Stadtgrenze und fuhren eine schnurgerade Straße durchs ländliche Flandern. Links lag der Forêt de Soignes, rechts gab es große Anwesen mit imposanten Vorgärten. Auch an einem Golf- und einem Wellnessklub für gut betuchte Menschen fuhren sie vorbei. Nach einigen Kilometern erreichten sie Wallonien. Nun fuhren sie an Feldern und Wiesen vorbei. Ganz weit ins Land konnten sie sehen. Kein Berg, kein Hügel stellte sich in ihr Sichtfeld. Hinter einem verschlafenen Ort, der verlassen wirkte, begann ein Waldstück, und Monsieur Haslinger bog links ab auf eine schmale Sandstraße. Er drosselte die Geschwindigkeit und blickte suchend aus dem Fenster. Als vor ihnen ein kleiner See auftauchte, romantisch im Wald gelegen, fuhr er rechts ran, stellte den Motor ab, und Madame Janssen betrachtete den See und die Bäume, hoch wie Kathedralen, die vom Ufer aus in den Himmel ragten und ihre Äste weit über das Wasser senkten.

»Gefällt es dir hier?«, fragte er.

»Ja, endlich wieder Natur.«

Er stieg aus, ging um das Auto herum, öffnete die Beifahrertür, reichte Madame Janssen die Hand, half ihr beim Aussteigen und holte Korb und Decke aus dem Kofferraum.

»Du bist gut vorbereitet.«

Er genoss das Kompliment, lächelte ihr zu.

Sie gingen ein paar Schritte durch die lichtgewaltige, duftvolle Landschaft. Die Erde war trocken, sie haftete nicht an den Schuhen, und die Luft roch sauber und ganz klar. Im Schatten zwischen den Bäumen breiteten sie die Decke aus und setzten sich. Madame Janssen zog die Schuhe und Strümpfe aus, krempelte die Hose bis zu den Knien hoch.

Im Wasser schwammen Stockenten, Blesshühner und Grauschwäne, und einen Augenblick lang beobachteten sie schweigend die Vögel. Bis ein herrenloser Hund angelaufen kam, dem Monsieur Haslinger die Hand entgegenstreckte. Der Hund schnupperte daran, ließ sich kurz streicheln, und als er kehrtgemacht hatte, legten sie sich auf den Rücken und blickten in die schwankenden Baumkronen.

Lange lagen sie nebeneinander und genossen still die Nähe des anderen, ohne sich zu berühren. Hin und wieder richteten sie sich auf und tranken einen Schluck Eistee, den Monsieur Haslinger zubereitet hatte, oder sie aßen Oliven und Käse. Dann betrachteten sie wieder den Himmel. Weiße Kondensstreifen waren zu sehen, die sich nach Westen und Osten ausdehnten und sich in der Ferne verloren wie ausgefranste weiße Bänder.

Sie sprachen selten. Höchstens dass einer einmal aussprach, was sie sowieso beide wussten oder sahen.

»Das ist eine schöne Wolke.«

»Schau, der Vogel.«

»Riechst du die Tannen?«

»Es ist schön hier.«

Einmal sagte Monsieur Haslinger: »Ich glaube nicht, dass es heute regnet.« Dabei war ihm völlig egal, ob es zu regnen beginnen würde oder was er sagte oder jemals gesagt hatte. Wichtig war ihm nur, dass sie nebeneinanderlagen, inmitten der heilenden Natur.

15

Es war stockfinster, als es klingelte. Verwundert ging Monsieur Haslinger zur Tür und lauschte. Er kannte jedes Geräusch im Haus, diese Stille konnte er jedoch nicht deuten. Er blickte an sich hinunter, glättete einige Pyjamafalten, drehte das Sicherheitsschloss nach rechts und öffnete die Tür.

Madame Janssen stand vor ihm. »Darf ich reinkommen?«

Monsieur Haslinger musste sich räuspern, um seine Stimme zu finden. »Es ist …«, begann er und räusperte sich abermals, »… es ist nicht aufgeräumt.«

»Das stört mich nicht.«

»Dann komm rein.«

»Soll ich die Schuhe ausziehen?«

»Behalte sie ruhig an.«

Madame Janssen trat ein und blickte sich um. Die weiße Bettwäsche war sauber und ordentlich gefaltet. Auf dem Tisch, neben dem Marienbild, lag ein offenes Buch, das Monsieur Haslinger zuklappte und im Bücherregal verstaute. »Du hast es gemütlich hier.«

»Es ist bescheiden.«

»Aber schön.«

»Danke. Möchtest du einen Tee?«

»Lieber nicht, ich möchte dich nicht lange aufhalten.«

»Du hältst mich nicht auf.«

»Aber darf ich mich setzen?«

»Selbstverständlich.« Monsieur Haslinger deutete auf den Sessel in der Ecke, und sie setzte sich. Er selbst blieb stehen und sah sie an. Sie wirkte gesünder und viel gelassener als zuletzt.

»Wahrscheinlich fragst du dich, warum ich dich so spät besuche.«

»Ist etwas passiert?«

»Nein. Ich wollte dir nur einen Vorschlag machen.«

»Tatsächlich?«

»Wahrscheinlich ist es eher eine Bitte.«

»Ach ja?«

»Ja.«

»Da bin ich aber gespannt.«

»Ich wollte fragen, ob du mich nach Knokke begleiten willst.«

Er starrte sie an. Neugierig. Vorsichtig. »Wie meinst du das?«

»Ich werde für einige Zeit an die Nordsee nach Knokke reisen. Jetzt in der Hochsaison ist es nicht so schön dort, wenn man allein ist. Wenn viele Menschen im Sommer dort sind, fühle ich mich mehr allein als in der Nebensaison, wenn kaum Touristen dort sind und alles etwas ruhiger und persönlicher ist. Deshalb würde ich mich sehr freuen, wenn du mich begleitest.«

»Du meinst, ob ich dich hinfahre?«

»Nein, ich möchte mit dir gemeinsam dort Zeit verbringen.«

Monsieur Haslinger lächelte sie an, zuerst höflich, dann verlegen. Er hatte tausend Fragen, wusste aber nicht, mit welcher er anfangen sollte. Er wusste nur, dass er etwas sagen musste.

»Für wie lange?«

»So lange du möchtest.«

»Und wann wolltest du losfahren?«

»Übermorgen.«

»So bald schon?«

»Ja.«

Er wollte etwas einwenden. Etwa, dass er in den kommenden Tagen wichtige Besuche machen musste. Oder dass er ihren Tagesablauf unangenehm durcheinanderbringen würde. Aber es wären Ausreden gewesen, schließlich konnte er seine Besuche jederzeit verschieben, und sie freute sich über seine Gesellschaft, das las er in ihrem Gesicht und hörte es in ihrer Stimme.

»Ich möchte, dass du bei mir wohnst. Mein Haus dort ist groß genug für uns beide.« Sie sagte es ganz freudig, zwanglos und offen, als wäre nicht nur in ihrem Haus, sondern auch in ihrem Herzen ein Platz für ihn frei.

»Du meinst, ich soll bei dir einziehen?«

»Ja, warum denn nicht. Du kannst natürlich auch im Hotel schlafen, wenn dir das lieber ist.«

Monsieur Haslinger wurde heiß, und er hoffte, dass er nicht rot geworden war. Er fragte sich, ob er überhaupt bereit war, mit jemandem in einem Haushalt zu leben. »Du kennst mich doch gar nicht richtig, vor allem nicht meine nervigen Seiten.«

»Du hast mich gern, ich habe dich gern. Das weiß ich, und das reicht mir.«

»Wir haben unterschiedliche Gewohnheiten und sicher auch ein paar unangenehme Eigenheiten.«

»Ich habe nicht das Bedürfnis, dich zu ändern. Niemand muss etwas aufgeben für den anderen, jeder kann bleiben, wie er ist. Außerdem sind wir alt genug, um uns darüber zu freuen, was uns trennt.«

»Und wenn es mir bei dir nicht gefällt und ich schon am zweiten Tag abreisen möchte?«

»Dann reist du ab.«

»Bist du mir dann nicht böse?«

»Das weiß ich nicht. Vermutlich gekränkt, aber ich würde deinen Wunsch akzeptieren. Wärst du mir böse, wenn ich dich am zweiten Tag bitte zu fahren?«

»Nein.«

»Na eben.«

»Und wer kümmert sich um deine Blumen?«

»Mein Bruder.«

»Ich müsste auch jemanden finden.«

»Wenn du möchtest, frage ich ihn, ob er sich auch um deine kümmert.«

»Mag er denn Pflanzen?«

»Er ist Jurist, kein Gärtner, aber ich glaube, er kann Pflanzen gießen.«

»Hm, ich weiß nicht. Darf ich mir das noch überlegen?«

»Natürlich.«

»Ich möchte nur einmal darüber schlafen.«

16

Gleich am nächsten Vormittag stand Monsieur Haslinger in einem italienischen Herrenmodengeschäft auf der Avenue Louise. Vor einem Spiegel probierte er ein Sakko und ein weißes Hemd an. Der Stoff, der Schnitt, der Kragen, alles war ihm leicht zu modisch und ließ ihn zweifeln. Die Verkäuferin sagte jedoch glaubhaft, er sehe sehr gut aus, also ging er zur Kasse, zahlte ohne Reue und verließ zufrieden den Laden.

Es hatte aufgehört zu regnen, und Monsieur Haslinger beschloss, zu Fuß nach Hause zu gehen. Er schlenderte die Avenue de la Toison d'Or hoch Richtung Porte de Namur, kaufte sich eine Waffel und die *Le Monde*, bog rechts ab nach Matongé, wo Kisten voll Yamswurzeln, Kochbananen und Datteln vor den kongolesischen Geschäften standen und exotische Aromen in der Luft lagen; süß, bitter und scharf zugleich.

Eine Stunde später war er zu Hause. Er legte die Zeitung auf den Tisch, hängte die neue Kleidung in den Schrank, trank ein Glas Wasser und rief Madame Janssen an. Als sie abnahm, fragte er sofort: »Bist du zu Hause?«

»Ja.«

»Kann ich kurz vorbeikommen?«

»Natürlich. Ich bin da.«

»Dann bis gleich.«

Er legte auf, zog ein frisches Hemd an, kämmte sich im Badezimmer die Haare, nahm sicherheitshalber den Regenschirm mit und ging hinaus. Kaum war er auf der Straße, ergoss sich der nächste Schauer über der Stadt. Schnell bildeten sich Pfützen. Wasser schoss über die Pflastersteine in den Kanal. Ganz Brüssel stand unter einem Dach und wartete auf das Regenende, nur Monsieur Haslinger huschte dicht an der Hausmauer entlang und bog einmal um die Ecke zu Madame Janssen.

Er musste nicht klingeln. Die Tür ging auf, sobald er davorstand, und Madame Janssen begrüßte ihn in einem violetten Sommerkleid, das unter einem weißen Pullover hervorschaute. »Ich habe am Fenster gestanden und auf dich gewartet«, sagte sie und ließ ihn herein.

Er stellte den Regenschirm im Treppenhaus ab und folgte ihr in die Küche, wo er auf einen gerahmten Druck blickte, der ihm schon beim letzten Mal aufgefallen war. Ein Garten mit einer Steinbrücke und einem Teich voll Seerosen war zu erkennen.

»Möchtest du etwas trinken?«

»Hast du ein Glas Wein?«

»Hab ich. Weiß- oder Rotwein?«

»Rotwein, bitte.« Monsieur Haslinger setzte sich an den Tisch und beobachtete, wie Madame Janssen mit weichen Handbewegungen zwei Weingläser aus der Vitrine nahm.

»Du bist so furchtbar still«, sagte sie, ehe sie die Flasche öffnete und jedem ein halbes Glas einschenkte. »Worüber denkst du nach?«

»Na ja, darüber, wie ungewöhnlich dein Wunsch ist.«

»Ist er das?«

»Ja, das ist er, zumindest für mich.«

Sie reichte ihm das Weinglas und setzte sich zu ihm. »Hast du dich entschieden?«

»Ich glaube schon.«

»Da bin ich aber gespannt.«

Monsieur Haslinger roch und nippte am Wein, dann schweifte sein Blick zum Fenster und wieder zurück zu ihr. Schließlich sagte er: »Ich muss gestehen, es ist mir nicht leichtgefallen, schließlich bin ich noch nie mit einer Frau verreist.«

»Und?«

»Aber wenn ich nicht mitfahre, dann müsste ich ohne dich in Brüssel bleiben, obwohl ich mich nicht dafür entschieden hatte, allein hier zu bleiben.«

»Da hast du wohl recht.«

»Das möchte ich nicht, und deshalb habe ich beschlossen, dich zu begleiten.« Als er es sagte, war er noch immer überrascht über sich selbst und darüber, wie sie es geschafft hatte, ihn aus seiner Hülle zu locken.

»Da bin ich aber erleichtert. Ich hatte befürchtet, du würdest mir absagen. Du klangst so ernst und geheimnisvoll am Telefon.«

»Tatsächlich? Nein. Ich möchte es gern ausprobieren, zumindest für zwei oder drei Tage.«

»Du glaubst immer noch, nach zwei Tagen abreisen zu wollen?«

»Keine Ahnung. Ich weiß nicht, was auf mich zukommt.«

»Hast du kein Vertrauen?«

»O doch, aber ich bin nicht so spontan und risikofreudig wie du. Ich bin ein Gewohnheitstier, seit Jahrzehnten. Ich gehe früh zu Bett und stehe früh auf. Außerdem bete ich morgens und abends. Wenn dich das nicht stört, könnte es klappen.«

»Ach, es wird schon funktionieren.«

Monsieur Haslinger trank sein Glas leer, noch immer in Sorge, das Gefüge seiner Abläufe könnte ins Wanken geraten.

»Möchtest du noch einen Schluck?«

»Nein, danke, ich werde jetzt gehen. Ich muss noch packen.«

»Gut. Dann sehen wir uns morgen.«

»Ja, wir sehen uns morgen.«

Teil 3

I

Das Haus in Knokke lag nicht direkt am Meer, sondern in der Nähe des Royal Zoute Golf Club, am Ende einer Einbahnstraße. Es war ein weiß gestrichenes Backsteinhaus mit Schilfdach und drei Gauben, von denen aus man den Strand sehen konnte. An einer Seite gab es einen Erker mit großen Sprossenfenstern und Rosenbüschen davor. Auf der anderen Seite führte eine Flügeltür in den Garten.

Sie waren vom Bahnhof mit dem Taxi zum Haus gefahren. Mit dem Koffer in der Hand blickte Monsieur Haslinger über das alte Anwesen und den stillen Garten mit dem Ahornbaum.

»Das ist ein sehr schönes Haus«, sagte er.

»Ja, das ist es«, seufzte Madame Janssen, als wäre es ihr allerletzter Besuch.

Monsieur Haslinger konnte in der Ferne das Meer riechen. Ein feiner salziger Hauch, der sie umfing und in seinen Augen die Unwirklichkeit der Situation verstärkte.

Er folgte Madame Janssen die Steinstufen hoch zum Hauseingang, über dem eine bronzene Hoflampe hing. Madame Janssen sperrte die Tür auf, und gemeinsam betraten sie das Haus.

Es war kühl, und es gab nur spärlich Licht. Außerdem roch es nach Leder und Holz, und Monsieur Haslinger fragte sich, ob das ein bedeutungsvoller Geruch ihrer Kindheit war, an den sie sich gern erinnerte.

»Fais comme chez toi.« Madame Janssen sagte es leise, ein lautes Wort hätte in dem stillen Haus nicht richtig geklungen. Dabei wandte sie sich ihm zu, lächelte und streifte mit der Hand über seinen Oberarm. Dann begann sie die Fensterläden zu öffnen.

Monsieur Haslinger ging derweil durch die Zimmer. Er inspizierte die Gegenstände, die sich im Laufe der Jahre angesammelt hatten und die wirkten, als wären sie seit Generationen im Haus aufbewahrt worden.

Im Esszimmer erblickte er einen ovalen Tisch aus Nussholz mit acht Stühlen. Im Salon gab es einen Kamin, neben dem drei Buschtrommeln standen. In der Bibliothek hing an der Wand ein Teller, fein geschnitzt aus Elfenbein, der für Monsieur Haslinger die Verkörperung des brutalen Kolonialismus schien. In den bis zur Decke reichenden Regalen standen Bücher von Proust und Sartre, aber er entdeckte auch einen neuen Roman von seinem schreibenden Nachbarn. Monsieur Haslinger schaute sich um, nahm alles in sich auf, versuchte, sich das Leben in diesem Haus vorzustellen, und als er die Schritte von Madame Janssen auf den Dielen in der Küche hörte, ging er zu ihr.

Sie stand vor der Anrichte, neben einem Gasherd mit acht Brennern, über dem Kupferpfannen an silbernen Haken hingen. Sie hatte Weißbrot, Oliven und Feigen mitgebracht und schnitt Käse in mundgerechte Stücke, die sie auf einen Tonteller legte.

»Ich hoffe, du hast Hunger?«, fragte sie, über die Schulter blickend.

»Ja, hab ich. Soll ich noch schnell die Koffer in unsere Zimmer bringen?«

»Ach, das machen wir später.« Madame Janssen öffnete eine Weinflasche, trug alles in den Salon, stellte es auf dem schwarzen Marmortisch ab, ging zum Kamin, schichtete Holz und Papierknäuel zu einem kunstvollen Gebilde und zündete es mit langen

Streichhölzern an. Das Holz war sehr trocken, und die Flamme wurde rasch groß. Der halbe Raum begann warm und weich zu leuchten, und Madame Janssen machte es sich auf dem Sofa gemütlich. »Komm, setz dich zu mir.«

Das alte Ledersofa hatte Risse und war sehr weich. Monsieur Haslinger versank leicht darin, als er sich setzte. Für eine Minute saß er da, blickte auf das Feuer im Kamin und durch das Fenster, wo er in der Ferne das Meer und den breiten Sandstrand erahnte.

Madame Janssen trank einen Schluck, griff ins Regal hinter sich, zog ein Buch heraus und begann zu lesen. Sie saß da und las und trank und aß – so selbstgenügsam, so behaglich, so versunken, dass auch Monsieur Haslinger sich allmählich zu entspannen begann.

Er nahm eine Olive, ein Stück Brot und kostete den Wein. Dann suchte auch er ein Buch und fand eines über Afrika, das ihn interessierte. Er schlug es auf, las aber nicht sofort, sondern sah Madame Janssen beim Lesen zu, bis sie aufschaute und ihn anlächelte und auch er sich ans Lesen machte.

Irgendwann legte Madame Janssen das Buch beiseite, rollte sich zusammen und schloss die Augen. Monsieur Haslinger stand auf, breitete eine Wolldecke über sie und setzte sich zu ihr.

Eine Stunde später erwachte sie aus ihrem Schlummer und blickte zu ihm hoch. Monsieur Haslinger saß noch immer neben ihr und las, als hätten sie bereits ein gemeinsames alltägliches Leben.

2

Als sich die Nacht über das Haus senkte, nahm Monsieur Haslinger ihrer beider Koffer, trug sie die Treppe hoch und blieb im langen, schwach beleuchteten Flur stehen. Auf der Etage gab es fünf Schlafzimmer. Er wusste nicht, wo er das Gepäck abstellen sollte, geschweige denn, wo er schlafen würde, also öffnete er jede Tür und blickte hinein. Alle Zimmer hatten ein eigenes Bad mit geschwungenen alten Wasserhähnen. In einem Raum hingen afrikanische Speere an der Wand. In einem anderen gab es eine Holztruhe, auf der eine schwarze Gottheit aus Ebenholz stand.

»Wo schläfst du?«, fragte er Madame Janssen, die hinter ihm die Treppe hochgekommen war.

»Im blauen Zimmer.«

»Im blauen Zimmer?«

»Ja. Das erste rechts. Es heißt so, weil es früher blaue Tapeten hatte. Die gibt es aber schon lange nicht mehr.«

»Und wo schlafe ich?«

»Bei mir.« Sie sagte es, ohne zu zögern und mit größter Selbstverständlichkeit. Monsieur Haslinger glaubte, dass in dieser Selbstverständlichkeit ein Foppen verborgen war. Er wartete einen Moment auf ihr Lachen, aber die Reaktion kam nicht. Schließlich sagte er: »Nein, im Ernst?«

»Ja, bei mir. Warum denn nicht?«

»Du meinst, gemeinsam in einem Bett?«

»Ja, das wäre doch schön.«

»Ich kann auch woanders schlafen.«

»Das ist nicht notwendig. Das Bett ist groß genug für uns beide. Außerdem kann ich nur so sicher sein, dass du dich bei mir wohlfühlst, und sehen, ob du gut liegst oder ob dir zu heiß oder zu kalt ist.«

Sein Blick lag fragend auf ihr, und er hoffte, mehr als noch zuvor, auf ein Wort, welches das Missverständnis auflösen würde. Sie sagte jedoch nichts. Sie stand nur vor ihm, direkt unter der Deckenlampe im Flur. »Ich habe aber einen unruhigen Schlaf. Außerdem muss ich vielleicht nachts raus und würde dich wecken.«

»Das stört mich nicht.«

»Und wenn du nicht mehr einschlafen kannst?«

»Dann sind wir beide wach und können uns die Nacht um die Ohren schlagen.«

»Aber manchmal lese ich nachts. Ich würde dich um deinen Schlaf bringen. Du bist zur Erholung hier. Du musst dich ausschlafen.«

»Wie gesagt, es stört mich nicht. Und wenn es mich stört, schmeiß ich dich raus.« Madame Janssen lachte, nahm ihren Koffer und verschwand im blauen Zimmer.

Monsieur Haslinger blieb ratlos zurück. Er stand im Flur und wusste nicht, wie er tun sollte, was er noch nie zuvor getan hatte. Neben ihr einschlafen, neben ihr aufwachen – war es wirklich das, was er wollte?

Unsicher blickte er auf die halb offenen Zimmertüren. Eine kühle, einsame Dunkelheit drang durch jeden Türspalt, nur aus dem blauen Zimmer strahlten Licht und Wärme. Er bückte sich, öffnete seinen Koffer, holte seinen Schlafanzug und den Kulturbeutel heraus und ging Madame Janssen nach, um sofort im Badezimmer zu verschwinden.

Auf einer alten Mahagonikommode, deren ovaler Spiegel getrübt war und an den Rändern feine Sprünge hatte, legte er alles ab, zog sich aus, faltete seine Kleidung ordentlich zusammen und suchte einen Platz, wo sie nicht störte. Danach putzte er sich die Zähne, kontrollierte seinen Atem, seine Finger- und Fußnägel und verließ im Pyjama das Bad.

Madame Janssen lag schon im Bett. Die Hände hatte sie über die Bettdecke gelegt, und ihre nackten Schultern waren zu sehen. Hatte sie etwa kein Nachthemd an? Zum Glück las sie in einem Buch und sah ihn nicht an.

Er trat vor die Bettkante, zog die dünne Bettdecke hoch und kroch darunter. Wie eingefroren lag er dann da und starrte an die Zimmerdecke. Alles war neu, aber auf eine gute Art neu, und er musste staunen, dass er sie zwar nicht berührte, aber so eindeutig spürte, als würde er sie berühren.

Nach einer Weile legte Madame Janssen das Buch neben sich, drehte sich zu ihm, rückte ein Stück an ihn heran und lächelte verschmitzt, als wollte sie ihn aufziehen.

Monsieur Haslinger lag weiter starr da. Er sah sie nicht an. Ihren Blick spürte er aber deutlich. »Amüsierst du dich?«, fragte er.

»Worüber?«

»Über meine Anspannung?«

»Wäre das schlimm?«

»Ja, aber ich könnte es aushalten.«

»Na dann.« Madame Janssen drehte sich auf die andere Seite, legte das Buch auf den Holzboden und knipste die Nachttischlampe aus. Jetzt war es dunkel. Nicht einmal ein blasser Mondschein fiel durch die Fensterläden.

»Und jetzt haben wir Sex.« Sie sagte es ganz plötzlich in die Stille hinein und lachte herzlich auf.

Monsieur Haslinger schwieg.

»Das war ein Scherz. Schlaf gut«, sagte sie, tastete unter der Decke nach seiner Hand, fand sie und drückte sie.

Er erwiderte ihren Händedruck, bis sie eingeschlafen war und seine Anspannung sich endlich gelöst hatte und auch er schlafen konnte.

3

Monsieur Haslinger saß in der Diele, während Madame Janssen alle Kästen durchwühlte.

Er war nicht ausgerüstet für eine Wanderung bei Wind und Regen, hatte nur seine Budapester und ein Leinensakko dabei, deshalb suchte sie für ihn Regenkleidung und festes Schuhwerk.

»Die könnten passen!« Sie reichte ihm abgetragene Bergschuhe.

Monsieur Haslinger nahm sie, schlüpfte hinein und verschnürte die Schuhbänder.

»Mit denen hat mein Vater die Alpen überquert. Sie sind alt, aber eingelaufen.«

Monsieur Haslinger stand auf und ging einige Schritte durch den Raum. »Die passen.«

»Wirklich?«

»Ich denke schon.«

»Na prima.«

Sie packten die Rucksäcke, verließen das Haus und marschierten los. Zunächst am Rande des Golfplatzes auf einem überwucherten Sandweg. Später durch eine menschenleere Siedlung mit Villen und teuren Autos in der Einfahrt.

»Lass uns hier langgehen«, sagte sie, »die Strecke ist schöner, und wir sind schneller.«

Sie verließen die bewohnte Gegend. Noch immer regnete es

Bindfäden. Sie hatten die Kapuzen über die Köpfe gezogen. Ihre Hosenbeine waren durchnässt, ihre Wangen kühl und rot vom frischen Wind – ihre Seelen jedoch waren erfüllt wie bei Sonnenschein.

Sie erreichten den Naturpark; eine weite Ebene hinter den Dünen, die bei Flut von der Nordsee überschwemmt wurde. Mit festen Schritten lief Madame Janssen voraus durch Schlick und Groden, sie wanderten ganz allein durch die herrliche Landschaft. Im Gehen erspähten sie Vögel, die sich auf Brutinseln ausruhten oder nach Nahrung suchten. Sie sahen Wildpferde und Kühe mit hellem, zotteligem Fell und entdeckten Salzpflanzen, deren Blätter behaart oder mit Schuppen bedeckt waren. Wie ein Geschenk ragten sie aus dem kärglich bewachsenen Boden, neben Würmern, Schnecken und Muscheln.

Einmal blieb Monsieur Haslinger etwas zurück, weil er die Dinge länger beobachten wollte. Ein Friesenkraut, einen Storchenflug und den Fußabdruck eines Fuchses im Sand. Kurze Zeit später holte er sie wieder ein und erzählte, was er an Leben in dem salzigen Boden entdeckt und in der Luft hatte singen hören.

Der Regen hatte aufgehört. Die Wolken schoben sich auseinander, und der hellblaue Himmel brach auf. Sie fanden einen Platz zum Rasten auf einem Sandhügel, umgeben von Strandflieder, mit Blick aufs Meer.

Am Strand spielten Kinder. Sie rannten, schlugen Haken, fingen sich, trennten sich und fanden sich wieder. Dann liefen sie wieder los, ganz schnell, nahe zum Wasser. Ihr Geschrei, ihr Lachen, wenn ihre Schuhe das Wasser berührten, konnten sie hören.

»Danke«, sagte Madame Janssen sanftmütig, während ihr Blick auf den Kindern ruhte.

»Wofür?«

»Dass du hier bist.«

»Dafür musst du dich nicht bedanken.«

»Doch, das muss ich. Deine Entscheidung war mutig.«

»Das war doch nicht mutig.«

»Du bist hier, nur mit mir, das ist neu für dich, das ist mutig. Ich weiß das sehr zu schätzen.«

Monsieur Haslinger ließ das Gesagte dankbar stehen und sah ihr zu, wie sie eine Thermoskanne aus dem Rucksack zog und heißen Rooibostee in den Trinkbecher goss. Den ersten Schluck bot sie ihm an. Danach trank sie aus demselben Becher. Es sah vertraut aus, und er fand es schön, dass ihre Lippen die gleiche Stelle berührten. Für einen Moment versank er in dem Anblick, und er musste die Augen schließen und den Kopf abwenden, um wieder herauszufinden.

Madame Janssen verschraubte die Kanne.

»Sollen wir weitergehen?«, fragte er.

»Lass mir noch einen Moment Zeit.« Sie lehnte sich an ihn, ganz leicht, gerade so, dass er es fühlen konnte. Ihr Gesicht ließ sie von den Strahlen der Sonne abtasten.

Nach zwei oder drei Minuten fiel ihm auf, dass sie schwerer an ihm lehnte, als würde sie Halt suchen. Auch ihr Gesicht wirkte entrückt. Er glaubte sogar, einen traurigen Schatten in ihren Augen erkannt zu haben, und zum ersten Mal, seitdem sie in Knokke angekommen waren, erschien sie ihm nicht stark und gewiss, sondern verletzlich. Monsieur Haslinger hätte gern gefragt, was los sei, doch er wartete, bis sie die Welt wieder wahrnahm.

Erst dann sagte er: »Du wirkst traurig.«

»Tue ich das?«

»Ich hatte zumindest den Eindruck.«

»Nein. Ich bin nicht traurig. Ich bin glücklich, so glücklich, wie ich im Moment sein kann.«

Monsieur Haslinger hörte genau zu. Was sollte das heißen?

War sie glücklich? Oder konnte sie nicht richtig glücklich sein? Verbarg sie etwas hinter der freundlichen Maske, etwas, was er nicht sah? Mit ganzer Seele versuchte er die Zweifel zu verstehen, die sich in ihm ausbreiteten.

Sie sprach weiter. »Deine Nähe, dein Frieden, deine Genügsamkeit, deine Aufmerksamkeit, deine Bescheidenheit, ich mag das alles sehr an dir. Es beruhigt mich. Du tust mir gut. Die Zeit mit dir ist das, was ich jetzt brauche.«

Er empfand Freude, weil sie aussprach, was sie bewegte. Und es war schön, dass sie ihn so wahrnahm. Noch nie hatte eine Frau so schmeichelhaft von ihm gesprochen. Jedes Wort schien ihm aus einer anderen Welt zu kommen, und er wusste gar nicht, was er antworten sollte. Deshalb sagte er auch nichts, sondern sah sie mit aufrichtiger Freude an und legte seinen Arm um sie, damit sie fühlte, dass er für sie da war, wann immer sie ihn brauchte.

4

Abends beschlossen sie, im Garten zu essen, denn es war wieder trocken und warm. Monsieur Haslinger trug den Tisch von der Terrasse auf den Rasen, wo es noch ein Fleckchen Sonne gab. Der Boden war uneben, der Tisch wackelte. Er klemmte ein Holzbrett unter ein Bein, wischte die Oberfläche sorgfältig sauber und stellte Wein- und Wassergläser hin.

Als Madame Janssen aus dem Haus trat, hielt er inne und betrachtete sie. Sie trug ein Kleid aus fließendem Stoff und war leicht außer Atem. In den Händen hielt sie zwei staubige Weinflaschen und eine elegante Glaskaraffe.

Monsieur Haslinger ließ die Gläser stehen. »Warte, ich helfe dir.«

»Die habe ich im Keller gefunden«, sagte sie und gab ihm die Flaschen.

Monsieur Haslinger war kein Weinkenner und wollte auch nicht so tun, als hätte er Ahnung. Trotzdem las er die Aufschrift auf den Etiketten. Es waren Rotweine aus Beaujolais. Er kannte die Gegend nördlich von Lyon, hatte aber noch nie einen Wein von dort getrunken. Weil er den Jahrgang nicht entziffern konnte, fragte er: »Wie alt sind die Flaschen?«

»Ich weiß nicht. Aus den Siebzigern?«

»So alt?«

»Die hat wohl mein Bruder gekauft.«

»Kann man die noch trinken?«

»Ich denke schon.«

»Auch zu Fisch?«

»Sicher. Was schmeckt, passt immer«, sagte sie, stellte die Karaffe ab, goss sich ein Glas Wasser ein und trank einen kräftigen Schluck.

Monsieur Haslinger deckte den Tisch fertig ein und verschwand in der Küche, wo er Pasta mit Steinpilzen zubereitet und eine Goldbrasse im Ofen gebraten hatte. Er suchte schöne Teller, richtete an, garnierte mit Salbei und Zitrone, wischte die Ränder sauber und servierte mit einer leichten Unsicherheit, ob der Fisch übertrieben gegart war.

Madame Janssen saß bereits. Sie hatte den Wein geöffnet und das Gedeck umgelegt, sodass sie nebeneinandersitzen konnten, mit der warmen Abendsonne im Gesicht. Er mochte ihre Sitzordnung, kommentierte sie aber nicht, sondern stellte die Teller ab und wagte einen Blick in ihre Augen.

»Das sieht aber toll aus.«

»Ich fürchte, der Fisch ist zu trocken.«

»Bestimmt nicht«, sagte sie, und Monsieur Haslinger war glücklich, obwohl er wusste, dass sie niemals etwas Kritisches gesagt hätte.

Sie begannen zu essen, kosteten den Wein, sprachen über die Pferde und Pflanzen, die sie im Naturpark gesehen hatten, und schenkten dem Moment ihre volle Aufmerksamkeit.

Zwischendurch, zufällig aus einer Bewegung heraus, berührte sein Fuß ihren Fuß. Er mochte die Berührung, entschuldigte sich aber und zog das Bein zurück.

Als sie fertig gegessen hatten, stand Monsieur Haslinger auf. Er wollte die Teller in die Küche tragen und den Abwasch erledigen.

»Bleib bei mir«, sagte Madame Janssen. Sie ergriff seine Hand. »Die Sonne ist gleich weg.«

Er setzte sich wieder, und Madame Janssen lehnte sich zurück, schloss die Augen und genoss den letzten hellen Moment des Tages.

Er bewunderte ihr entspanntes Gesicht, ihren Nacken und ihre Haare, die sich schwungvoll über die Schultern legten.

Sie öffnete wieder die Augen und sah, dass er sie ansah. Er fühlte sich ertappt, nahm den Blick aber nicht von ihr, weil es ohnehin zu spät war. Sie lächelte und schloss wieder die Augen, als würde sie ihn einladen, sie weiter zu betrachten.

Die Sonne war untergegangen. Es wurde kühler.

»Möchtest du hineingehen?«, fragte sie.

»Nein. Es ist schön hier draußen.«

»Dann hole ich Kerzen und eine Decke.« Madame Janssen stand auf, nahm die Teller und ging ins Haus.

»Soll ich dir helfen?«

»Untersteh dich. Du hast gekocht, ich mache den Abwasch.«

»Ist das die Tradition des Hauses?«

»So ist es.«

Monsieur Haslinger blickte ihr nach und sah, wie harmonisch ihr Schritt mit der Bewegung ihrer Arme einherging.

Es dauerte eine Weile, bis sie zurückkam. In den Händen hielt sie eine Decke und eine Laterne, die sie auf den Tisch stellte. Beim Anzünden der Kerze beugte sie sich vor, sodass Monsieur Haslinger ihr Dekolleté sehen und ihr Parfüm riechen konnte. Er genoss den Anblick und den Duft, bis sie die Kerze in die Laterne gestellt hatte und sich setzte.

»Ist dir kalt?«

»Ein wenig.«

Sie nahm die Decke und breitete sie zunächst über seine Beine, dann über ihre Beine. Danach lehnte sie ihr Knie gegen sein Knie, und er stellte fest, dass sich niemand gezwungen fühlte, sich zu entschuldigen oder die Berührung aufzulösen.

5

Tagsüber war es sommerlich heiß, und sie verließen das kühle Haus erst am späten Abend. Auf der Promenade aßen sie Eis und spazierten am Strand im Sonnenuntergang. Der Sand war tief, das Laufen fiel ihnen schwer. Deshalb zogen sie die Schuhe aus und gingen barfuß nahe am Wasser, wo der Sand fest, nass und kühl war und man leichter lief. Manchmal senkten sie den Kopf zu Boden, wenn sie eine Muschel sahen, oder sie blickten in die kargen Dünen oder aufs Meer, wo am Horizont Containerschiffe Fahrt machten.

Irgendwann, nahe der niederländischen Grenze, als kein Mensch mehr zu sehen war, nahm sie seine Hand. »Komm, wir gehen schwimmen.«

»Meinst du? Ist das Wasser nicht zu kalt?«

Sie ließ seine Hand wieder los, bückte sich, griff in das salzige Nass und berührte mit feuchten Fingern seine Wange. »Es ist nicht kalt.«

»Aber wir haben keine Badesachen.«

Sie lächelte.

»Die brauchen wir nicht.«

»Was heißt, die brauchen wir nicht?« Sein Blick wurde unsicher.

»Wir baden nackt.«

»Ist das erlaubt?«

»Es sieht uns doch keiner.«

Jetzt wurde er verlegen. »Ach, ich weiß nicht.«

»Schämst du dich vor mir?«

»Ja, natürlich schäme ich mich. Was soll die Frage?«

»Man schämt sich nur, wenn man gefallen möchte.« Sie grinste, als sie es sagte. »Möchtest du mir gefallen?«

»Ja, natürlich. Noch so eine Frage.«

»Ich kann dich beruhigen. Du gefällst mir auch.« Madame Janssen nahm die Finger von seiner Wange. »Komm!«, sagte sie und deutete auf einen Windfang nahe den Dünen, der aus vielen dünnen Ästen korbförmig geflochten war und hinter dem man sich auskleiden und die Sachen aufbewahren konnte.

Monsieur Haslinger blieb stehen. Er wusste nicht so recht, was er tun sollte. Irgendwie hoffte er noch, sie würde es sich anders überlegen. Doch nachdem sie hinter dem Windfang verschwunden war, ihren Seidenschal sichtbar über den oberen Rand des Windschutzes geworfen hatte, verstand er, dass es ihr voller Ernst war, und stapfte hinter ihr her.

Sie hatte ihr Kleid bereits ausgezogen. Eine flatternde Röte stieg ihm bis zur Stirn empor. Seine innere Ruhe war in Auflösung, und er versuchte mit einem Kommentar über das Meer zu verhindern, dass sie seine Nervosität entdeckte. Dabei strich er mit der Hand unwillkürlich über das Holz und blickte in die Dünen, obwohl er viel lieber Madame Janssen betrachtet hätte.

Als sie ihren Büstenhalter mit beiden Händen am Rücken öffnete, die Schultern nach vorne schob und den Kopf zu Boden senkte, konnte er nicht widerstehen. Er musste ihr einen schnellen Blick zuwerfen.

Vorsichtig schaute er an ihr vorbei, gerade so, dass er sie noch sah, aber sie im Fall der Fälle nicht erkennen konnte, dass er nicht in die Ferne blickte. Er erspähte ihre weiblichen Rundungen, die ihre Unterwäsche straff ausfüllten. Aufregend schön war der Anblick. Leider sah er alles nur verschwommen aufgrund des verrenkten Blicks. Und zu kurz.

Er wendete sich ab und war erleichtert, dass sie ihn nicht ertappt hatte. Einen zweiten Blick wollte er nicht riskieren. Das hatte er sich felsenfest vorgenommen, als sie unvermittelt – wie konnte sie nur – splitterfasernackt vor ihm stand.

Sie verdeckte nicht einmal ihre Brüste, die blass waren und leicht nach unten hingen. Seelenruhig stand sie da, mit ihren rötlichen Wangen, den fraulichen Armen und Hüften, dem Bauch mit der Falte und dem Büschel graubrauner Haare darunter.

»Worauf wartest du?«, fragte sie, zupfte auffordernd an seinem Hemd und ging voraus.

Monsieur Haslinger blickte sich um, ob auch wirklich niemand zu sehen war. Erst dann begann er sich zu entkleiden. Er knöpfte sein Hemd auf, öffnete den Gürtel und zog Hose und Unterhose aus. Dabei besah er seinen blassen Körper, seinen Bauchansatz, die wirre Brustbehaarung und sein schrumpeliges, hängendes Geschlecht. Er kam sich lächerlich vor, so nackt, so ungeschützt in der Natur. Vermutlich sah er wie ein Idiot aus, dachte er und wäre am liebsten sofort ins Wasser geflüchtet, um seinen Körper vor ihren Blicken zu verstecken.

Monsieur Haslinger huschte aus der Deckung und sah Madame Janssen. Sie stand bereits im Wasser, noch am Ufersaum, wo die Wellen über den Sand zurück ins Meer rauschten. Ohne sich umzudrehen, ging sie hinaus, als wäre das Wasser nicht kühl, als gäbe es keine Wellen, keinen Sog, keine spitzen Muscheln, keinen sandigen Untergrund. Im Gehen benässte sie ihr Gesicht, die Arme und ihren Busen, und als ihr der Wasserspiegel bis zum Bauch reichte, ließ sie sich nach vorne gleiten und begann mit lang gestrecktem Hals zu schwimmen.

Er staunte, wie schön die Bewegungen ihres nackten Körpers waren und welche erotische Wirkung sie auf ihn hatte, während sich die Bilder in sein Gedächtnis brannten – so tief, dass er sie im Geiste noch lange betrachten konnte.

6

Im Haus, nach dem Strandspaziergang, wussten beide, dass sie noch nicht müde waren. Trotzdem gingen sie ohne Umwege ins Bett. Dort lagen sie lange nebeneinander und warteten darauf, ob der andere noch etwas sagen wollte. Einmal blickte Monsieur Haslinger zu ihr, um sich zu vergewissern, ob sie ihn ansah oder bereits die Augen geschlossen hatte. Ein anderes Mal stand er auf, ohne das Licht anzumachen, weil er Durst hatte. Er trank ein Glas Wasser im Badezimmer, danach legte er sich wieder neben sie, still und abwartend wie zuvor.

Das Fenster stand offen. Die Geräusche der Nacht drangen ins Zimmer und auch ein kühler Luftzug. Madame Janssen schlug das Laken zur Seite und stand auf. Sie war nackt, hatte sich nur etwas Schwarzes übergeworfen. Der Stoff spannte auf der Brust und um die Hüften. Weil das Licht vom Mond hell in den Raum fiel, konnte er sie gut sehen.

»Was machst du?«, fragte er. Er war etwas überwältigt von dem erotischen Anblick, deshalb sagte er es erst, als er ohnehin erkennen konnte, was sie vorhatte.

»Ich mach das Fenster zu.«

»Bitte nicht, mir ist heiß.«

Madame Janssen ließ das Fenster einen Spaltbreit offen und schlüpfte zurück unter das Bettlaken. Dabei glitt sie eng an ihn heran, überraschend nah, als wollte sie sich an seiner Körperhitze wärmen. Er konnte sogar ihren Atem und ihre Haare fühlen und ihre Zehen, die seine Waden stupsten.

Er zuckte zusammen. »Deine Füße sind ja eiskalt.«

»Das hast du davon.«

Monsieur Haslinger setzte sich auf, nahm einen ihrer Füße in die Hand und rieb ihn warm.

Madame Janssen lag da und sah ihm zu. »Ich mag, wie du mich berührst«, sagte sie. Sie spielte wieder mit ihm, wie so oft am Strand. Und wie am Strand wartete sie ruhig, beinahe genüsslich auf seine Reaktion. »Machst du das die ganze Nacht?«

»Wenn du das möchtest.« Monsieur Haslinger nahm den zweiten Fuß. Auch der fühlte sich an, als stünde sie immer noch in der Nordsee. Salz und Sand hafteten an ihm und rieselten auf das Leintuch. Monsieur Haslinger störte das nicht, was ihn selbst wunderte. Er mochte es sogar, wenn das Meer und der Strand mit ihnen gemeinsam im Bett lagen.

Während er rieb, bemerkte er nicht, dass Madame Janssen das Laken beiseitezupfte. Ganz langsam, Zentimeter für Zentimeter, bis es von ihrem Körper gerutscht war. Als er nach einer Weile noch immer nicht darauf regierte, sprach sie es aus: »Ich möchte mit dir schlafen.«

Monsieur Haslinger hörte es überdeutlich. Alle seine Sinne waren geschärft. Angespannt rieb er weiter ihren Fuß und überlegte, was er antworten sollte. Dann drehte er sich zu ihr. Erst jetzt sah er, dass sie ihre Weiblichkeit großzügig darbot, bereit für die Liebe. Schamhaft betrachtete er ihre Schultern mit den dünnen Trägern, ihre Brüste, die unter dem transparenten Stoff leicht zur Seite hingen.

»Du wirkst nervös«, sagte sie.

»Was erwartest du? Für mich wäre es das erstes Mal. Du hattest schon viele Männer.«

»Das waren tatsächlich einige.« Sie lachte leise.

»Jaja, mach dich nur lustig über eine alte Jungfrau.«

Sie nahm seine Hand, zog ihn zu sich, legte ihren Kopf auf seine Schulter und ihre Hand auf seinen Bauch. »Du kannst mich nicht enttäuschen.«

»Ach, ich weiß nicht.«

»Ich war auch angespannt beim ersten Mal. Ich konnte nicht atmen, und ich schämte mich für jedes Geräusch, das mein Bauch machte. Es war eine eigenartige Mischung aus Nervosität und überwältigender Freude.«

»So könnte man es beschreiben.«

»Damals war es anstrengend. Doch jetzt, wenn ich dich sehe, dann empfinde ich diese unschuldige Aufregung als etwas Wunderschönes. Ich vermisse sie sogar und beneide dich darum.«

Monsieur Haslinger sah sie an. Ihr Blick war zärtlich und wissend. Sie sah nicht aus, als würde sie an dem Gesagten zweifeln oder etwas erwarten, was er ihr nicht geben konnte. Das gab ihm Sicherheit, und er küsste sie sanft auf die Wange, und sie küsste ihn ebenso lieb zurück.

Einen Augenblick später hatte er seine Ruhe wiedergefunden. Madame Janssen fühlte es, richtete sich auf, kniete sich vor ihm hin, hob ihre Arme, schloss ihre Augen und sagte: »Zieh mich aus.«

Monsieur Haslinger kniete sich zu ihr, nahm mit beiden Händen den leichten Stoff und streifte ihn ihr über den Kopf. Er hatte es nicht eilig, er ließ sich Zeit, kostet jede Sekunde aus.

»Soll ich mich jetzt ausziehen?«, fragte er.

»Ja.«

Monsieur Haslinger stieg aus dem Bett und zog den Schlafanzug aus.

Madame Janssen kniete weiter vor ihm, ließ die Augen geschlossen und wartete geduldig, bis er wieder bei ihr war. »Umarme mich bitte.«

Er umarmte sie und spürte sie. Er fühlte ihre Haut auf seiner Haut. Sein Atem mischte sich mit ihrem. Ein kräftig pochendes Verlangen drang in sein Geschlecht. Er konnte mit seinem Glied ihren Oberschenkel fühlen.

Nach einer Weile löste sich Madame Janssen aus der Umarmung und ließ sich auf den Rücken gleiten. »Küsse mich überall.«

Monsieur Haslinger rückte zu ihr, fühlte mit der flachen Hand ihre Rundungen, kostete mit den Lippen ihre Brust, ihren Bauch, ihre Schenkel. Dabei blickte er in ihren Schoß, roch neugierig ihren ureigenen Frauengeruch und sah, wie sich ihr Blick genussvoll nach innen wandte.

Nach einiger Zeit öffnete sie die Beine, nahm seine Hand und führte seinen Körper zwischen sich. Brust an Brust, Bauch an Bauch, Schenkel neben Schenkel lagen sie beieinander. Sein Gesicht vergrub sich in ihrem Nacken, und sie legten alles, was sie hatten, voll Glück in diese zärtliche Umarmung hinein.

7

Sie erwachten nach einem tiefen Schlaf, lagen nebeneinander und lauschten dem Regen, der auf das Dach und gegen das Fenster prasselte, unwillig, bereits aufzustehen.

»Wie geht es dir?«, fragte Madame Janssen und sah ihn an.

Er nahm den Blick von der Decke, drehte sich zu ihr und küsste sie auf den Mund. »Sehr gut.«

»Bereust du es?«

Er wusste, worauf sie anspielte, fragte aber: »Was meinst du?«

»Na, dass du mit mir geschlafen hast?«

»Warum sollte ich das bereuen?«

»Ich dachte nur, schließlich hast du etwas aufgegeben. Dein Gelübde.«

»Ich habe auch etwas gewonnen.«

»Trotzdem.«

Er nahm ihre Hand, um ihre Bedenken zu besänftigen. »Ehrlich, ich bereue nichts. Im Gegenteil. Ich bin erleichtert, dass die Uneinigkeit mit mir selbst endlich vorbei ist.«

Monsieur Haslinger streichelte ihre Hand und stand auf. Er ging zum Fenster und öffnete es. Eine Weile stand er in der frischen Luft und fing den Regen auf, der von der Dachrinne tropfte. Danach schlüpfte er wieder unter die Bettdecke. »Lass uns etwas unternehmen.«

»Es ist düster und regnet.«

»Macht doch nichts.«

Sie genossen noch einige Zeit die Wärme ihrer Körper, dann rafften sie sich auf, duschten, tranken Tee und beschlossen, mit der Küstentram zu fahren, die gesamte Strecke bis De Panne an der französischen Grenze.

Unterm Regenschirm, eng aneinandergedrückt, gingen sie zur Haltestelle. Autos fuhren vorbei, ihre Scheinwerfer leuchteten auf die Straße, wo der Regen über die Rinnsteine strömte und die Kanaldeckel überflutete. Sie wurden nass und waren froh, dass die Tram schon dastand und sie ins Trockene flüchten konnten.

In einem Sitzgeviert nahmen sie Platz, in Fahrtrichtung, nebeneinander, und blickten aus den Fenstern, die wegen der Aussicht größer waren als bei den Straßenbahnen in Brüssel.

Madame Janssen rieb sich die Hände.

»Ist dir kalt?«

»Ja. Es ist kühl hier drinnen.«

»Warte«, sagte Monsieur Haslinger, nahm ihre Hände und wärmte sie unter seiner Jacke.

Die Tram fuhr los, hinaus aus Knokke, entlang der Küste, nach Blankenberge und weiter nach De Haan. Sie sahen den Strand und das Meer und am Himmel in der Ferne über England rollende Wolkenberge.

»Es ist eine schöne Strecke«, sagte sie. »Danke, dass du mich überredet hast.«

Monsieur Haslinger lächelte eine Antwort und freute sich darüber, wie kurzweilig die Zweisamkeit war.

In De Haan stiegen viele Touristen ein. Es wurde enger und lauter, doch das störte sie nicht. Das Gewusel empfanden sie als unterhaltsam. Monsieur Haslinger belauschte ein Ehepaar. Der Mann hielt seiner Frau einen Vortrag, warum der Küstenort De Haan hieß. Er sprach von einem Schiff, das bei Nacht und Nebel in Not geriet und nur durch das Hahnengeschrei an Deck gerettet wurde. Monsieur Haslinger hatte Freude an der Erzählung, mehr als die Ehefrau, bei der er nicht sicher war, ob sie überhaupt zuhörte.

In Ostende stand die Hebebrücke hoch und gab einem Segelschiff den Weg frei. Nach der Stadt verliefen die Gleise schnurgerade an der Nordsee entlang. Links bäumten sich Dünen auf, in denen alte Bunkeranlagen wie Mahnmale aus dem Sand ragten. Rechts war der Strand zu sehen, über den der Wind fegte. Er trug den Sand auf die Schienen, und man konnte hören, wie die Bahn während der Fahrt die Wechten zur Seite stieß.

Vor Nieuwpoort wurde die Tram leerer. Die Sonne brach durch die Wolken, und Madame Janssen ließ wieder ihren Kopf auf seine Schulter gleiten. Sie schloss die Augen und genoss die Sonnenstrahlen in ihrem Gesicht.

Er gab ihr einen Kuss und flüsterte: »Ich liebe dich.«

Er war überrascht, wie selbstverständlich er es gesagt hatte und dass Madame Janssen sein Geständnis nicht erwiderte. Aber auch wenn sie nicht sagte, dass sie ihn liebte, so dachte er, konnte er zumindest annehmen, dass sie ihn brauchte. Und das war ausreichend für ihn.

Sie erreichten De Panne. Dort war der Strand breiter und der Sand härter. Strandsegler nutzten das aus, die kleinen Ein-Mann-Segelboote sausten auf Reifen über den Sand. Die beiden beobachteten das Treiben.

Ohne den Blick abzuwenden, sagte sie: »Ich war für die Liebe immer zu feige. In jeder Beziehung musste ich ständig die Zügel in der Hand halten, sonst fühlte ich mich ausgeliefert. Heute würde ich sagen, es wäre schön gewesen, wenn ich es zugelassen hätte, mich zu verlieren.« Sie drückte sich an ihn. »Bei dir ist es anders.«

»Tatsächlich?«

»Ja, tatsächlich.«

»Das ist schön«, sagte er, und ein Gefühl kam in ihm hoch, als hätten sie beide die Vergangenheit hinter sich gelassen, um den reifen Rest des Lebens gemeinsam zu genießen.

8

An jenem Abend gingen sie in ein Bistro in der Nachbarschaft. Dort gab es keinen Blick aufs Meer, wie bei den Restaurants auf der Promenade, aber auch keine Touristenmassen, und die Küche hatte einen besseren Ruf. Madame Janssen war verkühlt, und Monsieur Haslinger bat am Eingang um einen Tisch, weit weg von Tür und Fenster, wo es nicht zog. Der Kellner führte sie zu einer Nische im hinteren Teil des Raumes. Sie folgten ihm und beobachteten die anderen Gäste.

»Die sind ja noch älter als wir«, flüsterte Madame Janssen.

Der Kellner deutete auf ihren Tisch, gedeckt mit einer straffen weißen Tischdecke, Platztellern, Stoffservietten und Silberbesteck. In der Mitte stand ein Glas mit Sand, Muscheln und Steinen. An den Wänden über der gepolsterten Eckbank hingen Bilder in dicken Holzrahmen und ein Rettungsring. Eine Schirmlampe warf warmes Licht über den Tisch.

»Ein Aperitif?«, fragte der Kellner.

»Für mich Kamillentee.«

»Und für mich ein stilles Wasser.«

Der Kellner verschwand, und Monsieur Haslinger sah Madame Janssen an. Unter ihren Augen lag ein dunkler Schimmer. »Du siehst erschöpft aus.«

»Ich weiß. Ich fühle mich etwas müde. Es war eine eigenartige Nacht. Ich habe weder geschlafen, noch war ich wach.«

Der Kellner brachte Wasser sowie ein Silbertablett mit Tasse und Teekanne aus feinem weiß-blauem Porzellan. Madame Janssen wärmte sich die Hände an der Kanne, und Monsieur Haslinger trank einen ersten Schluck.

Sie griffen zur Speisekarte und lasen. Die Gerichte waren teuer. Es gab Austern, Langusten und Königskrabben. Sie bestellten etwas Leichtes, eine pochierte Seezunge mit Reis und Salat.

»Heute gehen wir früh zu Bett.«

»Ja. Das machen wir.«

Das Essen kam, es dampfte auf den Tellern. Sie griffen nach dem Besteck und aßen langsam, ohne Eile. Es schmeckte. Monsieur Haslinger hätte gern Zitrone bestellt, aber das war kleinlich, und er wollte nicht kleinlich sein.

Nachdem sie fertig gegessen hatten, nahm er die Serviette vom Schoß, wischte sich den Mund sauber und rutschte näher an sie heran.

»Kannst du dich an unser Gespräch im Krankenhaus erinnern? Du hattest mich gefragt, ob ich jemals eine Frau begehrt hätte.«

»Ja, vage.«

»Ich habe dir damals nicht alles erzählt.«

»Tatsächlich? Du hattest schon Sex?«

»Nein, aber ich habe jemanden geküsst. Sie hieß Mathilde. Wir gingen zusammen zur Schule. Sie hatte blaue Augen wie du und lange blonde Haare. Ich war verliebt in sie und habe jahrelang gehofft, wir würden ein Paar werden. Irgendwann klappte es, für vier Monate, vielleicht auch länger. Das klingt nicht lange, aber für uns Jugendliche war das lange. Ich kann mich noch gut erinnern. Es war im Sommer. Nach der Schule fuhren wir mit meinem Rad ins Freibad. Sie saß auf der Mittelstange. Ihr Haar wehte im Wind und streifte mein Gesicht. Ich konnte ihren Duft riechen und war einfach nur glücklich. An dem Tag haben wir uns geküsst.«

»Du klingst ja noch immer verliebt.«

»Nein, sicher nicht, aber ich liebe die Erinnerung an die damalige Zeit.«

»Warum habt ihr euch getrennt?«

»Nach den Ferien begann sie in Innsbruck zu studieren. Ich blieb in Wien. Im ersten Semester hatten wir uns noch Briefe geschrieben, Liebesbriefe. Ein paarmal haben wir uns auch getroffen. Wir gingen ins Kino oder aßen Eis. Doch mit der Zeit waren wir beide zu tief in unsere neuen Welten verstrickt. Ich war am Priesterseminar, sie studierte Medizin. Jeder für sich und mit neuen Freunden. Wir haben nicht noch einmal zueinandergefunden, dafür hätte jeder von uns etwas aufgeben müssen. Dazu waren wir nicht bereit.«

»Hast du es jemals bereut?«

»Damals nicht. Den Wunsch, Priester zu werden, hatte ich da schon seit Längerem, und als Jugendlicher glaubt man ohnehin, dass man alles vor sich hat. Dass alles nochmals kommt, immer und immer wieder, immer noch besser. Neue Begegnungen, neue Chancen. Da trennt man sich leichter, ohne es zu bereuen. Erst wenn man alt ist, ändert sich der Blick. Dann weiß man, dass vieles einmalig war, dass vieles nicht noch einmal kommt, und man beginnt es zu vermissen. Zumindest war es bei mir so. Heute denke ich, dass mein Leben mit einem anderen Beruf und mit Mathilde auch glücklich geworden wäre.«

»Lebt sie noch?«

»Das weiß ich nicht. Vor einigen Jahren habe ich ein Bild von ihr in der Zeitung gesehen. Sie hatte vom Wiener Bürgermeister eine Auszeichnung für ihre Arbeit als Ärztin erhalten. Das beeindruckte mich. Sie hatte noch immer dieses herzliche Lächeln. Sie wirkte glücklich. Sie war noch immer schön. Seitdem habe ich nichts mehr von ihr gehört oder gelesen.«

Der Kellner kam. Er bot Nachtisch an. Sie lehnten ab und bestellten die Rechnung. Madame Janssen zahlte, und sie standen auf.

Draußen begann es zu dunkeln, und Madame Janssen wickelte sich fröstelnd ihren Schal um die Schultern und hängte sich liebevoll bei Monsieur Haslinger ein.

Als sie losgingen, sagte sie: »Ich glaube trotzdem, dass du noch in sie verliebt bist.«

»Ich bin nicht in sie verliebt.«

»Es hörte sich aber so an.«

9

Nach einem traumlosen Schlaf öffnete Monsieur Haslinger die Augen und sah Madame Janssen. Sie saß halb aufrecht im Bett, hatte die Schultern gegen die Wand gelehnt und starrte verloren in den Raum. Ihr Atem klang schnell und falsch. Ihr Gesicht war bleich, die Wangen eingefallen, und ihre Nackenhaare klebten feucht am Hals.

Er setzte sich auf. »Du siehst nicht gut aus.«

Ihr Blick fand zurück, und sie lenkte ihre müden Augen zu ihm. »Dafür siehst du umso besser aus.«

Ihre Mundwinkel verzogen sich zu einem Lächeln, von dem er nicht so recht wusste, was es bedeutete. Er empfand es sonderbar hilflos, als würde sie sich mit Humor über etwas Schweres hinweghelfen.

»Nein, Elise, es ist mein Ernst.«

»Ich mache mich gleich frisch.«

»Das ist es nicht. Du siehst krank aus.«

»Ich bin nicht krank.«

»Es sieht aber ganz so aus.«

Madame Janssen kroch unter der Bettdecke hervor und stellte ihre nackten Füße auf den Holzboden, ganz unvermittelt, als wäre alles gesagt.

»Wo gehst du hin?«

»Auf die Toilette.«

»Soll ich dir aufhelfen?«

»Es geht schon. Danke.«

Mit Mühe raffte sie ihren Körper hoch und schlurfte ins Badezimmer.

Monsieur Haslinger blieb liegen und sah ihr nach. Er war erschrocken über den Anblick. Er konnte nicht glauben, wie rasch sich ihr Zustand verschlechtert hatte. Plötzlich sah sie gebrechlich aus. Ihre Bewegungen hatten eine Schwere, eine Trägheit, die er nicht kannte.

Sie verschwand im Bad und schloss die Tür. Durch die Wand konnte er hören, dass sie zu husten begann. Es war ein kräftiger, tief und fest sitzender Husten. Sie musste sogar ausspucken. Als sie herauskam, hielt sie an der Tür inne, um Luft zu holen, dann ging sie zögerlich weiter zum Bett. Kaum lag sie, begann sie erneut zu husten, und Monsieur Haslinger legte seine Hand auf ihre Stirn, fühlte ihre Temperatur und blickte in ihre wässrigen Augen. »Du bist ganz heiß. Du hast Fieber.«

»Vielleicht.«

»Hast du auch Schmerzen?«

»Ja, etwas.«

»Wo?«

»Im Bauch.«

»Kann ich dir etwas Gutes tun? Tee mit Honig vielleicht?«

»Das wäre nett.«

Monsieur Haslinger streichelte ihren Arm und stand auf. Im Gang blieb er nochmals stehen, drehte sich um und fragte: »Soll ich einen Arzt rufen?« Während er es aussprach, versuchte er an ihrer Reaktion abzulesen, welche Wirkung seine Worte hatten. Er hoffte auf Zustimmung, fand aber nur Ablehnung.

»Ich war lange genug im Krankenhaus. Ich brauch keinen

Arzt«, sagte sie und sprach aus, was ihre Mimik bereits verraten hatte.

Monsieur Haslinger sah sie einen Moment lang an, atmete hörbar aus und ging die Treppe hinunter. In der Küche kochte er Wasser und bereitete Tee aus Salbei, Ingwer und Thymian zu. Er gab einen Löffel Honig hinein, verrührte alles und ging wieder hinauf ins Schlafzimmer. Das Tablett stellte er auf den Nachttisch, dann ging er zum Fenster und zog den Vorhang beiseite. Die Sonne schien herein, und in den Strahlen konnte er Staub schweben sehen. »Soll ich lüften?«

»Ja, aber nur kurz, bitte.«

Monsieur Haslinger kippte das Fenster. Frischluft zog herein und verdrängte die stickige Luft im Raum.

Er ging ins Badezimmer, holte aus seinem Kulturbeutel Tigerbalsam, setzte sich auf die Bettkante, rieb ihr Dekolleté ein und tupfte mit dem Zeigefinger etwas unter ihre Nasenspitze.

Madame Janssen musste wieder husten.

»Moment«, sagte er, nahm sein Kopfkissen und klemmte es zwischen ihren Rücken und die Wand, damit sie ihren Oberkörper weiter hochlagern konnte. »So geht es vielleicht besser.«

»Ja, danke.«

Sie trank einen Schluck Tee, lehnte sich gegen das Kissen und begann erneut zu husten. Er sah, wie sie dabei die Augen schloss und sich verkrampfte. Als es vorbei war, öffnete sie die Augen, aber er verstand, dass sie sich noch immer auf den Schmerz in ihrer Brust konzentrierte, der etwas hinterlassen hatte und drohte wiederzukommen.

»Reichst du mir das Döschen?« Sie deutete auf die Kommode.

Monsieur Haslinger stand auf, nahm die kleine Silberdose zur Hand und sah sie kurz an. Der Deckel war fein emailliert, und am Rand waren Blümchen und ein Lorbeerfries eingraviert. An manchen Stellen war das Silber angelaufen, die Emaillearbeiten waren aber nahezu unbeschädigt.

»Gefällt sie dir?«, fragte sie.

»Ja.«

»Ein Juwelier aus Brügge hat sie vor über hundert Jahren angefertigt. Meine Großmutter hatte darin ihre Veilchenpastillen aufbewahrt.«

Er gab sie ihr. Madame Janssen öffnete sie, nahm eine Pille raus und schluckte sie.

»Was ist das?«

»Schmerztabletten. Die sind Gold wert.«

Monsieur Haslinger blickte misstrauisch. »Bitte hör auf mich. Das geht so nicht.«

»Was denn?«

»Dass du nicht zum Arzt gehst.«

»Ach, mach dir keine Sorgen.«

»Mach ich mir aber. Und wenn es morgen nicht besser ist, gehst du zum Arzt. Versprichst du mir das?«

Sie antwortete nicht.

»Versprichst du mir das?«

»Ja, versprochen«, sagte sie.

Er sah sie an, und sie sah ihn an und lächelte schwach. Er konnte in ihren Augen lesen, dass sie nicht sicher war, ob sie ihr Versprechen halten würde. Doch er bedrängte sie nicht weiter. Er beließ es dabei, beugte sich hinab, zog ihre Decke zurecht und ließ sie den ganzen Tag nicht mehr aus den Augen.

10

Monsieur Haslinger schnitt die verdorrten Blüten vom Rosenbusch und fixierte einige Äste an dem Spalier. Als er fertig war, ging er durch den Garten und suchte nach der nächsten Möglichkeit, sich nützlich zu machen. Er sah den Efeu, der sich mit Tausenden Trieben an die Garagenmauer krallte. Er hätte ihn gern gestutzt, aber auf eine Leiter wollte er nicht klettern, nicht ohne eine stützende Hand.

Ein Holzbesen stand auf der Terrasse. Er nahm ihn und fegte das Laub von den Steinplatten, das der Wind in die Ecken getragen hatte. Dabei merkte er nicht, dass Madame Janssen in den Garten kam. In den letzten beiden Tagen hatte sie das Haus nicht verlassen, nun stand sie an der frischen Luft, schützte mit der Hand ihre Augen vor der grellen Vormittagssonne und sah ihm zu.

»Das ist doch nicht nötig«, sagte sie mit der Empfindsamkeit einer kranken Frau.

Er lehnte den Besen an die Hausmauer und ging zu ihr. Sie sah ein bisschen besser aus. Sie hatte abermals Schmerzmittel genommen und war fieberfrei. Doch das Fieber würde wiederkommen und mit ihm die Schmerzen, das wusste Monsieur Haslinger, das wusste auch sie.

»Was meinst du?«, fragte er.

»Na, die Terrasse kehren.«

»Ach, schon gut.« Monsieur Haslinger schob ihr einen Stuhl zurecht, doch sie blieb stehen.

»Ich muss jetzt gehen.«

»Wohin?«

»Zum Arzt.«

Monsieur Haslinger war überrascht. Damit hatte er nicht mehr gerechnet. Noch gestern hatte er den ganzen Tag auf sie eingeredet, mal zärtlich, mal höflich, mal ernst hatte er sie gebeten, den Doktor aufzusuchen. »Wann ist der Termin?«

»Um elf.«

Er blickte auf die Uhr. »So früh schon.«

»Ja. Ich habe ein Taxi bestellt.«

»Ich komme mit«, sagte er, wischte sich die Hände an den Hosenbeinen ab und war im Begriff, ins Haus zu gehen, um sich umzukleiden und frisch zu machen.

»Warte«, sagte sie und hielt ihn zurück. »Das ist nicht notwendig.« Sie versuchte es so zu sagen, dass er in ihrem Gesicht eine aufrichtige Freude über sein Angebot sah, was ihr nicht restlos gelang.

»Weshalb?«

»Ach, alte kranke Menschen in einem trostlosen Wartezimmer – erspar dir den Anblick. Hier im Garten ist es schöner.«

»Ich möchte aber«, erwiderte er.

Sie sagte nichts. Aber wie sie seine Worte hatte ausklingen lassen, war auch eine Antwort, die er deuten konnte.

Ein Auto hielt vor der Garage. Sie konnten den Motor hören und das Quietschen der Bremsen. Es war das Taxi, das wartend mit zwei Reifen auf dem Gehsteig stand.

»Ich gehe jetzt«, sagte sie.

Er nickte zustimmend, aber sehr verhalten, sodass sie es übersehen konnte, wenn sie es übersehen wollte. Sie bemerkte es jedoch.

Er begleitete sie zum Wagen und dachte nach: Wollte sie für sich sein? Fühlte sie sich vereinnahmt? Oder wusste sie selbst nicht, ob sie sich vereinnahmt fühlen sollte?

Sie stieg ein. Er sah ihr nicht nach, weil die Nachbarin just in dem Moment die Tür öffnete und ihren kleinen weißen Hund herauslaufen ließ. Sie winkte Monsieur Haslinger, und er winkte zurück, dann war das Taxi weg.

Im Garten war der Schatten auf dem Rasen weitergezogen und etwas kleiner geworden. Die Sonne stand höher am Himmel, und das Gras war trockener als zuvor. Er schob den Rasenmäher aus der Garage und begann zu mähen. Mit ruhigen Schritten ging er Bahnen und Halbkreise, genoss die wohlige Sonnenwärme, leerte das Gras aus dem Fangkorb unter die Hecken und dachte an das Glück dieser neuen Welt, in die er eingetaucht war oder vielmehr eingetaucht wurde.

»Goedemiddag«, hörte er plötzlich jemanden hinter sich grüßen, nicht laut, weil der Motor zu dem Zeitpunkt aus war.

Monsieur Haslinger drehte sich um und sah den Briefträger. Ein großer Mann mittleren Alters mit spärlichem Haar, bekleidet mit einem roten Poloshirt der belgischen Post. »Bonjour, Monsieur.«

»Ist Madame Janssen zu Hause?«

»Nein.«

»Sind Sie ihr Ehemann?«

»Nein. Ein Freund.«

Der Postmann überlegte, was seine Pflicht verlangte, gab ihm trotzdem den Brief, ließ ihn unterschreiben und verabschiedete sich. Monsieur Haslinger besah das Kuvert. Er entdeckte das Signet eines Arztes, den er aus Brüssel kannte und von dem er wusste, dass er Sterbehilfe praktizierte. Ein unangenehmes Gefühl kam in ihm hoch, das er als absurd und bedrohlich empfand und von dem er sich nicht irritieren lassen wollte. Er würde einfach Madame Janssen nach dem Inhalt fragen, dachte er und brachte den Brief ins Haus, während der Himmel weiter blau strahlte und die einzige Schleierwolke aussah, als hätte der liebe Gott auf sein Fensterglas gehaucht.

II

Monsieur Haslinger trat ins Arbeitszimmer. Dort lag Madame Janssen auf der Chaiselongue. Ihr Körper war bis zur Brust in eine Baumwolldecke gehüllt, ihr Kopf versonnen dem Fenster zugewandt. Es brannte kein Licht. Der Raum war nachtfinster, und der flaue Schein der Sterne lag auf ihrem Gesicht.

»Morgen wird ein schöner Tag«, sagte sie.

Monsieur Haslinger neigte den Kopf zur Seite, damit er den klaren Sternenhimmel sehen konnte. »Ja, das glaube ich auch.«

Er setzte sich zu ihr. Ihm war leicht kühl, deshalb nahm er das Ende der Decke, um es sich über die Beine zu legen. Dann sah er sie an und streichelte ihr über das Haar, und für einen Augenblick blieb seine Hand auf ihrer weichen, warmen Wange liegen. »Willst du mir es jetzt sagen?«

Sie sah nicht auf und sah ihn nicht an. Er hatte aber das Gefühl, dass sie genau wusste, worauf er hinauswollte, und auch, dass sie versuchte, eine Antwort zu umgehen, indem sie tat, als wäre sie völlig in ihre Gedanken vertieft.

»Irgendetwas muss der Arzt doch gesagt haben?«

»Es ist nichts.« Sie hielt ihren Kopf bewusst hoch, als wollte sie ihm beweisen, dass es ihr gut ging. Sie tat es mit übertriebener Kraft, ohne Leichtigkeit, ohne Selbstverständnis. Er spürte es und wusste, dass es gespielt war. »Nur eine leichte Sommergrippe.«

»Du hast doch keine Geheimnisse?«

Sie lächelte. »Nur ein paar.«

Die Wanduhr tickte. Sie konnten hören, wie die Zeit voranschritt und dass keine Minute verging, bis Madame Janssen die Decke lockerte, ihre Beine ausstreckte und sagte: »Ich gehe jetzt schlafen.« Sie brauchte einen Moment, bis sie sich aufgerichtet und ihm zugewandt hatte.

»Bleib doch noch«, bat er. »Ich kann uns Tee machen.«

Sie sah ihn an, und er verstand nicht, was sie ihm wortlos antwortete. Schließlich stand der Brief noch unausgesprochen zwischen ihnen. Den ganzen Tag über war ihm gewesen, als hätten sie im Stillen miteinander verhandelt, ob der Inhalt besprochen werden müsste. Nun wusste er nicht, wie sie seine Bitte verstand, obwohl er genau wusste, wie er sie gemeint hatte.

Madame Janssen ließ ihren Körper zurücksinken, zog die Decke hoch und blickte wieder in den Nachthimmel.

Monsieur Haslinger stand auf und holte Tee aus der Küche. Als er zurückkam, sagte er: »Hast du den Brief gelesen?«

Jetzt hob sie aufmerksam den Kopf und sah ihn an. Ihr Gesichtsausdruck verriet, dass sie noch immer nicht bereit war, ausführlich zu erzählen, aber er gestattete sich die Hoffnung, dass das, was sie sagen würde, zumindest eine Spur war, die zu einer Antwort führte. »Ja.«

»Und was stand darin?« Monsieur Haslinger nahm das Teesieb aus der Kanne, ließ es abtropfen und legte es auf einen Teller, den er extra dafür mitgebracht hatte. Bevor er eingoss, sah er sie aufmerksam an und wiederholte mit seinem Blick die Frage. Weil sie nach einer Weile noch immer aus dem Fenster starrte und nichts gesagt hatte, meinte er: »Ich sah den Absender und mache mir Sorgen.«

»Das musst du nicht.«

»Das fällt mir etwas schwer. Vor allem weil ich das Gefühl habe, dass du nicht offen zu mir bist.«

»Es stand nichts drin.«

»Im Ernst? Ich kenne den Arzt. Ich hatte oft mit ihm zu tun. Er versendet nicht grundlos Briefe.«

»Scheinbar doch.«

Monsieur Haslinger wusste, dass sie nicht die Wahrheit sagte, und ließ seinen Blick nicht von ihr, damit sie spürte, was er von der Antwort hielt.

»Was ist?«

Er sagte nichts.

»Wieso siehst du mich so an?«

»Wie denn?«

»Na, wie ein Priester im Beichtstuhl.«

»Unsinn.«

»Lass das bitte«, brummte sie unwirsch. Zwar versuchte sie, das Gesagte mit einem Lächeln zu korrigieren, doch die Korrektur wirkte übertrieben, machte es nur schlimmer. Schließlich saßen sie beide sprachlos da, unglücklich über den eigenen Groll und über den Groll des anderen.

»Gehen wir schlafen?«

Sie antwortete nicht.

»Komm. Gehen wir rauf.«

»Nein. Ich bleibe noch hier.«

12

Gegen Mitternacht schreckte Monsieur Haslinger hoch. Kissen und Decke von Madame Janssen lagen unberührt neben ihm, und er erkannte, dass sie noch nicht ins Bett gekommen war. Da er nicht weiterschlafen konnte, solange sie nicht neben ihm lag, stand er auf und begann sie zu suchen. Zunächst auf derselben Etage, in den anderen Schlafzimmern, doch die Betten waren leer und nicht bezogen. Also ging er die Treppe hinunter, ohne das Licht anzuschalten, und blickte ins Arbeitszimmer.

Er sah sie gleich. Sie lag noch immer auf der Chaiselongue, wie ein starrer Schatten. Den Kopf hatte sie zur Seite gewandt und die Hände über dem Bauch verschränkt, als müsste sie etwas festhalten, eine weiche, empfindliche Stelle.

Leise tastete er sich durch den Raum, bis er neben ihr stand. Er dachte, sie würde schlafen, und setzte sich ans Fußende, ohne sie zu berühren, nur um sie zu betrachten. Erst jetzt sah er ihr Gesicht und dass sie nicht schlief, sondern lautlos weinte. »Hast du Schmerzen?«, fragte er.

Sie reagierte nicht. Ihre Augen waren offen, und in ihrem Blick lag eine Furchtsamkeit, die er bei ihr noch nie zuvor gesehen hatte.

»Die Rettung kann gleich hier sein …«

Sie begann zaghaft den Kopf zu schütteln.

»Was ist denn los?«

Er rückte näher an sie heran, sodass er sie noch besser sah und mit der Hand sanft über ihren Kopf streicheln konnte.

»Sag doch, was ist los?«, wiederholte er und fühlte, dass sie leicht zitterte und nervös wurde.

»Es tut mir leid«, schluchzte sie.

»Was tut dir leid?«

»Das mit uns.«

»Der kleine Streit?«

»Non, tout«, sagte sie. »Dass wir uns so nahegekommen sind. Dass ich dich nach Knokke mitgenommen habe. Das alles war dumm und egoistisch.«

Er verstand sie nicht. »Das ist doch schön. Das muss dir nicht leidtun.«

»Doch, das muss es.«

»Warum?«

»Versteh doch. Ich bin todkrank.«

Das Gesagte drang nicht gleich in sein Bewusstsein, und auch der Schmerz schien an ihm vorbeizurauschen. »Was soll das heißen?«

»Ich habe Bauchspeicheldrüsenkrebs.« Madame Janssen setzte sich auf und zeigte ihm ihr weinendes Gesicht. Es hatte sich im Weinen verändert, es war zarter geworden.

»Die Ärzte meinen, ich hätte noch vier, vielleicht fünf Monate zu leben.«

Der Schmerz hatte nun sein Ziel gefunden und begann spürbar in seine Seele zu sickern. »Wann haben sie das gesagt?«

»Am vorletzten Tag im Krankenhaus. Sie wollten, dass ich bleibe. Ich wollte aber nicht.«

»Und sie sind sich sicher?«

»Ja. Alle, die ich kontaktiert habe.«

Monsieur Haslinger stand auf, ging einige Schritte durch den

Raum, stellte sich vor den Sekretär, nahm einen Briefbeschwerer in die Hand, dann legte er ihn hin und setzte sich wieder. Sie hatte aufgehört zu weinen. Die Tränen waren von den Wangen gewischt, und ihr Gesicht wirkte gefasster. Sie sah sogar etwas erleichtert aus, als wäre eine Last von ihr gefallen.

»Warum hast du mir nichts gesagt?«

»Ich habe niemandem etwas gesagt.«

»Ja, aber warum?«

»Ich weiß es nicht.« Es dauerte ein paar Sekunden, bis sie weitersprach. »Vielleicht kann ich den Tod nicht akzeptieren. Vielleicht wollte ich meine Ruhe, mir das Mitleid ersparen und die vielen Fragen nach meiner Gesundheit. Vielleicht wollte ich das Leben noch einmal umarmen, gemeinsam mit dir. Es gibt so viele Erklärungen, aber womöglich sind alle falsch, und richtig ist nur, dass ich einfach eine schreckliche Angst habe.«

»Ich wünschte, du hättest es mir gesagt.«

»Das hätte ich tun sollen, aber versteh bitte, ich konnte es nicht.«

Monsieur Haslinger saß stumm da und blickte durch das Fenster in den dunklen Garten. Die Sterne waren noch immer klar zu sehen, aber er war sich sicher, dass morgen kein schöner Tag werden würde.

Es war an ihm, diese Frau, die innerlich nach Hilfe schrie und ihn ungefragt in den Dienst nahm, zu umarmen und ihr zärtlich Trost zu spenden. Doch er zögerte und spürte, wie schwer alles für ihn in diesem ersten Moment war.

»Ich war nicht ehrlich zu dir. Es tut mir leid. Verzeih mir«, bat sie hoffend.

Monsieur Haslinger sah sie an. Noch nie hatte er sie so wehrlos gesehen. Ihre Persönlichkeit lag offen vor ihm, und was er sah, gefiel ihm. Er konnte nichts finden, was andeuten würde, dass sie ein schlechter Mensch sei. Im Gegenteil. Er sah eine glaubhafte Bitte um Verzeihung.

»Ich weiß nur zu gut, wie die Angst vor dem Tod alles aus den Fugen geraten lässt, wie mächtig sie ist und alles an sich reißt. Dafür muss man nicht um Verzeihung bitten«, sagte er.

Madame Janssen sah ihn dankbar an. »Was machen wir jetzt?«

»Ich weiß es nicht.«

»Möchtest du nach Brüssel fahren?«

Er sagte nichts, also sprach sie weiter. »Ich werde hierbleiben. Ich liebe es hier, das Haus, das Meer, die Wellen, der Strand. Der Ort hat mir als Kind schon ein gutes Gefühl gegeben. Und du?«

Er antwortete nicht gleich, sondern suchte mit seiner Hand ihre Hand. Als er sie gefunden hatte, hielt er sie zärtlich fest, küsste sie und sagte: »Ich bleibe bei dir.«

13

Als Monsieur Haslinger erwachte und die Sonne sah, drehte er sich zur Seite und suchte die Nähe von Madame Janssen, indem er seinen Arm über ihre Brust legte und sie zu streicheln begann. Sie aber vertrug die Berührung nicht. Sie legte seine Hand von sich und schlich ohne einen Kuss oder ein Wort aus dem Bett.

Mit halb geöffnetem Auge sah er sie ins Bad gehen. Schmerzlich fühlte er die neue Distanz zwischen ihnen. Er wusste, dass sich etwas zwischen ihnen verschoben hatte und es einen Riss zwischen Vorher und Nachher gab.

Im Bad begann das Wasser zu rauschen. Monsieur Haslinger schlug die Bettdecke zur Seite und ging ihr nach. Er fand sie vornübergebeugt am Waschbecken. Sie ließ Wasser in ihre Hände laufen.

»Guten Morgen«, sagte er.

»Guten Morgen«, sagte sie. Dabei neigte sie ihren Kopf und tat, als würde sie ihn ansehen, obwohl sie ihn nicht ansah, sondern durch ihn hindurchstarrte, als könnte sie den Blickkontakt nicht halten aus Scham, nicht die Wahrheit gesagt zu haben.

»Ist dir meine Nähe unangenehm?«

»Nein. Es ist alles in Ordnung.« Sie nahm ein Handtuch, versteckte ihr Gesicht dahinter, und Monsieur Haslinger begann sich anzukleiden. Er streifte sein Hemd über Arme und Schultern und knöpfte es zu. Eng neben ihr, fühlte er weiter ihre abweisende Zurückhaltung, von der er nicht wusste, was sie zu bedeuten hatte. War es ihre Angst vor der Krankheit? War es ihr Groll auf sich selbst? Oder wollte sie ihn von sich weisen, um ihn zu schützen, vor zu viel Nähe, vor dem drohenden Ende, vor ihr?

Als er angekleidet war, stand sie immer noch am Waschbecken. Er trat hinter sie, legte zärtlich seine Arme um sie und stützte sein Kinn auf ihre Schulter. Er hoffte, sie sei nun wieder fähig, seine zärtliche Berührung zuzulassen, doch sie blieb starr in seiner Umarmung und hielt einfach weiter ihre Zahnbürste fest.

Bis sie ihre Zähne fertig geputzt hatte, ließ sie ihn gewähren, ohne seine Zuneigung zu erwidern.

»Was möchtest du frühstücken?«, fragte er.

»Du musst mir kein Frühstück machen. Ich kann das selber. Mach dir keine Umstände.«

»Es macht mir keine Umstände.«

Monsieur Haslinger ging in die Küche. Er röstete Nüsse und Haferflocken in Honig und Butter, schnitt Apfelspalten und vermengte alles mit dem Joghurt, den sie so gern mochte.

Madame Janssen kam spät herunter. Sie setzte sich neben ihn, schien aber gar nicht bei ihm zu sein, sondern hielt ihre innere Distanz aufrecht, als würde es ihr schwerfallen, mit seiner Fürsorglichkeit und seiner zärtlichen Aufmerksamkeit umzugehen.

»Danke«, sagte sie zaghaft und aß.

Nachdem sie schweigsam gefrühstückt hatten, stand er auf und räumte das Geschirr ab.

»Ich mach das schon«, sagte sie.

»Nein, ich mach das gern. Leg dich hin und ruh dich aus.«

Widerwillig legte sich Madame Janssen aufs Sofa, und als er mit dem Saubermachen fertig war, setzte er sich zu ihr. Ihr Gesicht war bleich und verzerrt. Gern hätte er sie gefragt, ob er seinen

Freund Doktor Hoffmann kontaktieren dürfe. Doch in den letzten Tagen hatte er mehrmals vorgeschlagen, weitere Arztmeinungen einzuholen, und sie hatte stets abgelehnt, deshalb fragte er nur: »Kann ich etwas für dich tun?«

»Ich komme schon zurecht. Bitte, geh an den Strand oder in die Stadt«, sagte sie, als wollte sie möglichst wenig Umstände machen, möglichst wenig brauchen und wünschen.

»Aber ich sehe doch, dass etwas ist.«

»Geh nur«, sagte sie und sah ihn wieder an wie im Bad, und er stand auf.

Plötzlich – Monsieur Haslinger war keine drei Schritte gegangen – musste sich Madame Janssen übergeben. Es überkam sie ruckartig, ohne dass sie aufstehen oder reagieren konnte. Sie erbrach, würgte und spuckte auf den Teppich, was sie gerade gefrühstückt hatte. Monsieur Haslinger eilte in die Küche, holte Eimer und Tuch, dann half er ihr auf und wischte ihren Mund sauber.

Sie war erschöpft und sichtlich verlegen, und nach einer Weile, als sie wieder bei sich war, sagte sie: »Es tut mir leid. Es tut mir so leid.«

»Du musst dich nicht entschuldigen.«

Doch sie entschuldigte sich, nochmals und nochmals, und er wusste, dass er dem fehlenden Gleichklang zwischen ihnen etwas entgegensetzen musste, um ihre Scham und ihre Schuldgefühle zu überwinden und ihr zu beweisen, dass sie keine Last für ihn war.

14

Am Freitag beschäftigte sich Monsieur Haslinger lange im Haus. Er kochte, verrückte Möbel, nahm hier etwas weg, legte dort etwas hin und schuf bewusst ein kleines Durcheinander. Abends kam er ins Schlafzimmer, wo Madame Janssen im Bett lag und las. Er trug sein weißes schönes Hemd, und um die Hüften hatte er eine Schürze gebunden. Sein Gesicht glühte rot vom Kochen, seine Augen leuchteten. Ohne ein Wort zu verlieren, ging er zum Schrank und nahm das tiefblaue Kleid heraus, das mit den gelben afrikanischen Kreismustern, in dem er Madame Janssen in Brüssel einmal auf der Straße gesehen hatte.

»Würdest du das für mich anziehen?« Er hielt ihr das Kleid hin.

»Was hast du vor?«

»Das Leben umarmen.«

»Du möchtest doch nur, dass ich mich vor dir ausziehe«, sagte sie, um ihre Unsicherheit zu verdecken.

»Lass dich überraschen.«

Sie stand auf. Die Bewegung fiel ihr etwas schwer. Sie musste sich mit der rechten Hand an der Wand abstützen. Monsieur Haslinger trat neben sie, um ihr im Fall der Fälle beizuspringen, aber sie brauchte ihn nicht.

»Muss ich mich auch schminken?«

»Wenn du das möchtest.«

Sie verschwand im Bad, zog sich um, bürstete sich die zerzausten Haare, band sie zu einem Knoten hoch, trug roten Lippenstift auf, tupfte Parfüm auf ihren Hals und legte sich eine schmale Goldkette um, die tief in ihren Ausschnitt hing.

»Ich hoffe, der liebe Gott bestraft mich nicht, dass ich dich verführt habe«, sagte sie, als sie aus dem Bad trat und sah, wie glücklich er war.

»Der wird ein Auge zudrücken. Ich habe mich erkundigt.«

Er führte sie an der Hand die Treppe hinunter. Sie ging langsam und vorsichtig, Fuß vor Fuß, und er konnte sehen, dass sie sich über seine Mühen freute, aber auch, dass sie fürchtete, er hätte Gäste eingeladen oder plante etwas Größeres.

»Was erwartet mich?«

»Wir machen eine Soiree.«

»Eine Soiree?«

»Ja, ein Fest. Wir feiern.«

»Und was?«

»Dich. Uns. Das Leben. Alles.«

Auf den letzten Stufen neigte sie den Kopf, damit sie um die Ecke blicken konnte. Sie konnte in das Esszimmer sehen. Dort war der Tisch mit Tontellern und Silberbesteck gedeckt. Es gab Gläser für Wein und Wasser. In der Tischmitte standen ein vierarmiger Kerzenleuchter und eine Vase mit frischen Schnittblumen.

Sie blieb kurz stehen und bemerkte, dass der Tisch für acht Personen gedeckt war und bei einigen das Besteck und die Stoffservietten wie benutzt auf den Tellern lagen. »Erwarten wir noch jemanden?«

»Nein. Die sind schon alle weg.« Er schmunzelte, und sie blickte ihn mit stillem Erstaunen an.

»Nein, im Ernst?«

»Keine Sorge. Komm!«

Die letzte Stufe war gegangen.

»Kannst du dich noch an deine Feier in Brüssel erinnern? Wie ihr alle getanzt habt und ich schlafen wollte, aber insgeheim gern mitgetanzt hätte?«

»Ja.«

»In der Nacht, nachdem deine Gäste gegangen waren, sahen wir uns zum ersten Mal. Ich stand im Schlafanzug draußen auf dem Balkon, und du hast auf der Terrasse die Gläser abgeräumt. Es war sehr spät. Wir waren beide müde und kannten uns nicht. Der Moment fühlte sich unbeholfen an, aber trotzdem schön, und ich hätte ihn am liebsten viel länger festgehalten.«

»Und jetzt möchtest du ihn wiederholen?«

»Genau, den holen wir nach.«

Monsieur Haslinger legte die Schürze ab und führte sie in den Salon. Die Klänge von einem Jazzsaxofon waren zu hören. Im Kamin glühten und zerfielen Holzscheite. Überall im Raum waren leere Sektgläser und kleine Schüsseln mit Oliven und Chips verteilt. Die Terrassentür stand offen, und draußen schaukelten bunte Lampions an einem Seil ruhig hin und her.

Er führte sie in die Mitte des Raumes, wo nur der Seidenteppich lag, denn er hatte den Marmortisch beiseitegeschoben. »Darf ich bitten?«

»Du möchtest tanzen?«

»Ja, das möchte ich«, sagte er, obwohl er kein guter oder schlechter Tänzer war, sondern überhaupt nicht tanzen konnte.

Madame Janssen legte ihre Arme um seinen Hals und rückte nahe an ihn heran. So nahe, dass er sie riechen konnte. Schon auf der Treppe, als er dicht hinter ihr ging, hatte er sich eingebildet, ihre Haare dufteten nach Lilie. Das sagte er ihr auch, als sie ihn mit ihren Schritten zu führen begann. Er sagte auch, dass alle Menschen jemanden bräuchten, der sie bei der Hand nahm und führte.

Sie verstand, wie er es gemeint hatte, und flüsterte glücklich: »Ich liebe dich.«

15

Die Ärztin war erstaunlich jung. Sie kam, als der Herbst seine ersten Vorboten über die Küste schickte und man in der kühlen Luft das nahende Sommerende riechen konnte. In farbfrohen Sportschuhen, Jeans und mit einer Doktortasche aus rissigem Leder wartete sie vor dem Hauseingang. Monsieur Haslinger öffnete die Tür, blinzelte in den Wind, der in launischen Stößen wehte, und bat sie herein.

Sie grüßte knapp, fragte nicht, wo die Patientin war, sondern marschierte direkt in den Salon, wo Madame Janssen vor dem Fenster saß. »Wie geht es Ihnen?«

»Geht so.«

»Haben Sie Schmerzen?«

»Ja, im Rücken.«

»Und die Übelkeit?«

»Gestern war es schlimm. Heute nicht.«

»Ich sehe es mir an.«

Monsieur Haslinger brachte einen Stuhl. Die Ärztin setzte sich, beugte sich zur Tasche und zog ein Stethoskop heraus. Derweil knöpfte Madame Janssen ihre Bluse auf, schlüpfte aus den Ärmeln und übergab sie Monsieur Haslinger. Mit halb nacktem Oberkörper saß sie da, und die Ärztin begann Herz und Lunge abzuhören.

Danach maß sie ihre Temperatur, fühlte den Puls, besah ihre Hände und ihre Augen. »Sie können sich wieder anziehen.«

»Und?« Monsieur Haslinger fragte zuerst. Er war angespannt. Während der Untersuchung hatte er sogar Gott um Hilfe gebeten.

»Es ist alles zufriedenstellend«, sagte sie zu Madame Janssen, weniger zu ihm, und für einen winzigen Augenblick hatte er die Hoffnung, sie sei gerettet.

Die Ärztin zog einen Rezeptblock aus dem Seitenfach, schrieb etwas auf, riss den Zettel ab und hielt ihn Madame Janssen hin. »Wenn Sie Schmerzen haben, wird Ihnen das sofort helfen.«

Madame Janssen knöpfte den untersten Knopf der Bluse zu, nahm den Zettel und las. »Ist das Morphium?«

»Eine Art Morphium«, sagte die Ärztin freundlich, sie packte ihre Sachen ein und stand auf. »Nächste Woche komme ich wieder.«

»Danke, Frau Doktor.«

Monsieur Haslinger begleitete sie zur Tür.

»Gehen Sie mit ihr spazieren. Das tut den Knochen gut, und vor allem dem Herzen«, sagte sie, dann ging sie.

Im Salon saß Madame Janssen weiter am Fenster, die Beine eng in eine Decke gewickelt. Immer wieder rückte sie ihre Hüften zurecht, setzte sich anders hin, weil ihr die Veränderung Erleichterung brachte. Monsieur Haslinger beobachtete sie von der Tür aus, dann nahm er das Kissen vom Sofa, ging zu ihr und legte es ihr hinter den Rücken. Der Schmerz schien aber nicht nachzulassen. Sie kam nicht zur Ruhe, und er vermutete, dass die Quelle des Unwohlseins woanders war.

»Ich muss ständig an den Tod denken«, sagte sie plötzlich. »Ich kann gar nicht aufhören.« Sie sprach es aus dem Fenster, mit Blick auf den Ahornbaum, der seine Blätter bald verlieren würde und erahnen ließ, dass die Jahreszeit überraschend weit fortgeschritten war. »Im Krankenhaus hatten sie mich gefragt, ob ich Sterbehilfe beanspruchen möchte.«

Monsieur Haslinger stand still hinter ihr, hörte zu und legte seine Hand auf ihre Schulter. »Und? Was waren deine Gedanken?«

»Im ersten Moment war ich schockiert. Ich hatte Angst und wollte nur leben. Dann erkannte ich, was auf mich zukommen würde, Schmerzen, Arztbesuche, Abhängigkeiten. Die Vorstellung war grauenhaft, und plötzlich wollte ich, dass es vorbei ist, bevor es unerträglich wird.«

Ein Zittern ging durch seine Beine. Er setzte sich neben sie, blickte mit ihr aus dem Fenster und überlegte, wie unendlich viele Gedanken sie schon an den Tod verschwendet hatte, wie unendlich weit sie gedanklich gegangen sein musste, welche Angst sie hatte durchleben müssen bis zu diesem Moment.

»Wie denkst du heute darüber?«

»Ich weiß nicht mehr, was ich denken soll. Eigentlich dachte ich, die Schmerzen würden mir die Entscheidung abnehmen. Ich hatte gehofft, sie würden immer stärker und stärker werden, bis sich alles von selbst ergibt. Doch so ist es nicht, denn mit den Schmerzen werden auch die Schmerzmittel stärker. Ich muss die Entscheidung also selbst treffen. Das fällt mir schwer.«

Sie sprach nicht weiter, und er hätte gern etwas Beruhigendes, etwas Kluges in die Stille hinein gesagt. Er hätte ihr gern die Entscheidung abgenommen, ihr erklärt, was der leichte Weg aus dem Leben war. Aber welcher Weg sollte es sein? Er kannte ihn nicht. Nur sie konnte ihn erkennen. Das wusste er, das wusste auch sie. Deshalb sagte er nichts, sondern nahm ihre Hand, streichelte sie und fühlte die Haut, die trocken und spröde geworden war.

»Glaubst du wirklich an Gott?«, fragte sie.

»Ja, natürlich.«

»Und an das Leben danach?«

»Auch, ja. Es ist ein schönes Bild, mit dem der Tod seine Macht verliert.«

»Das konnte ich nie. Ich habe nie an Gott geglaubt.«

»Das macht nichts. Gott ist das egal. Der unterscheidet nicht zwischen Gläubigen und Ungläubigen.«

»Hoffentlich hast du recht.«

»Ganz sicher.«

»Ich werde es eh bald sehen.«

»Aber nicht jetzt.«

»Nein, jetzt noch nicht.«

16

Weil die Sonne schien, ließen sie das Frühstück ausfallen und spazierten durch Knokke. Die Stadt war leer. Die Sommerferien waren zu Ende, die Hotels nur noch spärlich belegt. Auch die Familien aus Brügge, Gent oder Brüssel, die hier ein Wochenendhaus oder eine Zweitwohnung besaßen, würden erst am Freitag wiederkommen. Der Stadt tat diese ruhige Atmosphäre gut. Das Leben auf den Straßen war gemächlich, und im Gehen fühlten sie, wie ihre Körper diese friedliche Stille aufnahmen und von ihr erfüllt wurden.

Sie gingen nicht weit. Nur ein paar Wege und Gassen, die Monsieur Haslinger noch nicht kannte. Einmal hielten sie an einer Bakkerij und kauften flämischen Käsekuchen. Ein andermal standen sie auf der Promenade und betrachteten die Fassaden der mehrstöckigen Apartmenthäuser und die weiß gestrichenen Badehäuschen aus Holz, die verschlossen im Sand standen.

An der Fischerkapelle machten sie kehrt, und nach einer Stunde waren sie wieder zu Hause. Madame Janssen verschwand im Bad, Monsieur Haslinger in der Küche. Er kochte Tee, presste eine Zitrone, nahm den Käsekuchen aus dem Karton und drapierte Himbeeren darauf. Er werkte noch eifrig, als Madame Janssen in die Küche trat. Ganz leise war sie hereingekommen. Er hatte sie nicht gehört, und erst als er sich umdrehte, sah er sie.

Sie war nackt. Ohne ein Wort zu sagen, ohne eine besondere

Geste zeigte sie sich ihm. Ihr Gesichtsausdruck wirkte scheu. Ihre Selbstsicherheit hatte an Kraft verloren. Außerdem hatte sie abgenommen. Um die Hüften war sie sehr schmal, beinahe knochig. Auch ihr Bauch und ihre blassen Brüste waren kleiner geworden. Ihr ganzer Körper sah müde aus. Man konnte die Strapazen der letzten Wochen deutlich erkennen. Das rührte ihn, genauso wie ihr Bemühen und die Liebe, die er fühlte, als er diese zauberhafte Frau vor sich sah. »Was hast du vor?«, fragte er unsicher.

»Dich verführen.«

»Hier? Jetzt?« Monsieur Haslinger blickte hinter sich, als müsste er sich vergewissern, dass keine fremden Menschen durchs Fenster blickten.

»Warum denn nicht?«

»Du meinst, das klappt?«

»Das Risiko sollten wir eingehen.«

Er ging auf sie zu und streichelte mit beiden Händen über ihr Gesicht. Dabei lächelte er zärtlich, und sie lächelte zurück. Leider nur kurz, denn schon bald entglitten ihr ihre Gesichtszüge, und er wusste, dass sie wieder Schmerzen hatte.

»Es geht gleich wieder«, presste sie durch ihre Lippen, als müsste sie sich nur für eine kurze Unterbrechung entschuldigen.

Sie warteten, doch es ging nicht gleich wieder. Die Schmerzen in Rücken und Bauch sanken noch tiefer in sie ein, und einen weiteren Moment später konnte sie nicht mehr aufrecht stehen. Sie krümmte sich und musste alle Kraft aufbringen, um überhaupt auf den Beinen zu bleiben.

»Warte, ich helfe dir.« Monsieur Haslinger stützte sie und wollte sie zum Sofa begleiten, doch sie warf ihm einen Blick zu, der ihm jegliche Hilfe verbot. Sie wollte nicht schwach sein, nicht jetzt, als sie nackt vor ihm stand.

Sie richtete sich auf und schleppte sich selbstständig in den Salon. Vor jedem Schritt machte sie eine lange Pause und sammelte die Kraft für den nächsten Schritt, für noch einen und noch einen. Es tat ihm weh, ihr zuzusehen.

Mit einem Stöhnen legte sie sich aufs Sofa, langsam, die Hände vor dem Bauch, die Beine angewinkelt. Monsieur Haslinger breitete eine Wolldecke über ihren Körper und legte ein Kissen unter ihren Kopf.

»Kannst du mir das Döschen reichen?« Sie deutete auf die emaillierte Silberdose, die auf dem Marmortisch lag. Er öffnete sie und nahm eine Tablette heraus.

»Soll ich dir ein Glas Wasser bringen?«

»Geht schon.«

Er setzte sich zu ihr, streichelte ihre Wangen und ihr Haar, bis das Schmerzmittel zu wirken begann.

»Es tut mir leid«, sagte sie.

»Es muss dir nichts leidtun.«

»Doch. Ich hätte mich gleich ins Bett legen sollen. Aber ich kann das schlecht, wenn ich mich gut fühle. Deshalb übernehme ich mich. Meine Beine machen dann schlapp. Sie wollen mich nicht mehr tragen. Manchmal will auch mein Kopf nicht mehr.«

Sie legte ihr Gesicht auf seinen Schoß und genoss seine liebevollen Berührungen. Nach einer halben Stunde, als sich die Schmerzen gänzlich beruhigt hatten, setzte sie sich auf und sah ihn an. Eine Traurigkeit war in ihren Augen. Eine schöne Traurigkeit – ergreifend, zartsinnig und tief.

»Versprichst du mir eines?«, fragte sie.

»Was denn?

»Dass du nicht allein bleibst, wenn ich nicht mehr bin.«

»Wieso?«

»Weil allein sein nicht schön ist. Ich weiß das, weil ich glücklich bin, dass du bei mir bist. Du bist wichtig, und du solltest jemanden haben, der auch dir wichtig ist, der dir hilft am Ende des Tages.«

»Ich möchte niemanden kennenlernen.«

»Du musst niemanden kennenlernen. Du könntest Mathilde besuchen. Vielleicht ist sie auch allein.«

»Mathilde?«

»Ja. Versprichst du mir das?«

Monsieur Haslinger wusste keine Antwort. Der Gedanke an eine andere Frau kam ihm falsch vor. Nicht nur weil er sich daran gewöhnt hatte, mit ihr zu sein – neben ihr zu leben, mit ihr zu kochen, im Dunkeln mit ihr zu sprechen, sie zu sehen beim Aufstehen, sie neben sich zu wissen beim Schlafen, sie zu küssen vor dem Einschlafen. Er könnte das noch viele Jahre machen. Aber eben nur mit ihr. Also sagte er: »Ich bleibe nicht allein. Deine Liebe geht ja nicht, sie bleibt bei mir.«

17

Es dauerte eine Weile, bis er wusste, was passiert war. Zuerst hörte er sie nur leise wimmern und roch einen strengen, beißenden Geruch. Es war nicht der übliche Geruch von Medikamenten oder Krankheit. Es roch nach Urin und Kot. Zügig ging er zum Fenster, schob den Vorhang beiseite und öffnete es, damit die frische Luft den Gestank verdrängte.

Madame Janssen lag im Bett und sah ihm beschämt, gar abweisend zu. Als er sich zu ihr drehte, warf sie den Kopf zur Seite und vergrub ihr Gesicht im Kissen. »Bitte geh«, heulte sie dumpf.

Erst jetzt realisierte er, was geschehen war. »Das kann doch passieren«, sagte er.

»Geh bitte«, wiederholte sie.

Monsieur Haslinger ging ins Bad. Er ließ Wasser in die Wanne ein, gab Badesalz und Schaumbad hinein und achtete auf die passende Temperatur. Dann legte er Seife und Waschlappen zurecht und holte frische Unterwäsche aus der Kommode. Als die Wanne halb voll war und der Schaum polsterartig auf der Oberfläche stand, ging er zu ihr, um sie zu holen.

Madame Janssen hatte ihr Gesicht wieder ausgegraben. Ihr Blick war nicht mehr ganz so abweisend, ihre Augen aber feucht und rot. »Das ist mir noch nie passiert. Ich wollte noch auf die Toilette gehen, aber ich konnte nicht. Ich schäme mich so.«

»Sei nicht streng mit dir«, sagte er und schlug die Bettdecke zur Seite, ohne in ihren Schoß zu blicken. »Kannst du aufstehen?«

»Ich weiß nicht.«

Er beugte sich zu ihr, legte ihren Arm um seine Schulter, hob sie hoch und trug sie ins Bad. Sie hielt sich an der Heizung fest, während er ihr den schmutzigen Slip auszog und ihr Gesäß zu reinigen begann. Er schrubbte sanft, aber auch mal grob, wenn es notwendig war. Dabei sagte er nichts. Erst als Madame Janssen wieder leise zu schluchzen begann, erzählte er von der Möwe, die sich am Morgen auf das Dach verirrt hatte.

Danach half er ihr in die Wanne. Sie ließ sich von ihm führen und tauchte ihren Körper in das angenehm temperierte Wasser. Er sah, dass es ihr guttat, und ging ins Schlafzimmer, wo er die Bettwäsche abzog. Zuerst das Kopfkissen, dann die Decke und das Leintuch. Er warf alles auf einen Haufen, holte den schmutzigen Slip und den Waschlappen aus dem Bad, trug die Wäsche in den Keller und stopfte sie in die Waschmaschine. Danach bezog er Matratze, Kissen und Decke neu, ging ins Bad, setzte sich zu ihr auf die Wannenkante und tippte mit dem Finger auf ihre Nasenspitze.

»Schau nicht so ernst.«

Ihr gequälter Gesichtsausdruck blieb starr. Sie richtete sich lediglich auf, wischte sich mit beiden Händen den Schaum vom Haar und sagte: »Ich möchte das nicht.«

»Was denn?«

»Ich möchte nicht dahinsiechen und nicht mehr auf die Toilette gehen können. Ich möchte uns das ersparen.« Sie machte eine Pause und sah ihn an, als wollte sie ihm Zeit geben, etwas zu sagen oder zu fragen. Doch er sagte nichts. Er dachte nur daran, ob er versehentlich den Eindruck gemacht hatte, die Arbeit mit ihr wäre ihm zu viel oder er könne oder wolle nicht mehr.

Nach einer Weile war der Augenblick verronnen, in dem er

etwas sagen sollte. Deshalb sprach Madame Janssen weiter. »Ich möchte mit Würde sterben. Das ist für uns alle besser.«

Monsieur Haslinger zuckte zusammen. Hatte sie eine Entscheidung getroffen? Wegen dieses kleinen Missgeschicks? Angespannt suchte er einen Zweifel in ihrem Blick. Doch es war kein Zweifel zu finden. Vielmehr war sie ganz bei sich selbst – ehrlich, schwach und stark zugleich.

Bilder wirbelten in ihm hoch. Bilder von Menschen, die er in den Tod begleitet hatte, die vor ihm per Knopfdruck und Nadel gestorben waren. Der Philosoph aus Uccle fiel ihm ein, der erblindet war und ohne seine Bücher nicht mehr leben wollte. Er entschied sich dafür, freiwillig aus dem Leben zu gehen und Sterbehilfe von einem Arzt anzunehmen. Laut Gesetz konnte er das nicht allein entscheiden. Er benötigte die Einwilligung seiner Frau. Damit machte er sie zur Richterin über sein Leben. Damals hatte er die Entscheidung des alten Mannes als falsch empfunden, aber es war dessen wahrhaftiger Wunsch, und er wollte ihm am Ende keinen theologischen Vortrag halten. Das wollte er auch jetzt nicht. »Ich weiß nicht, was ich sagen soll.«

Er versuchte einen inneren Zustand zu erlangen, mit dem es ihm gelang, ihren Wunsch zu respektieren. Sein Inneres sträubte sich aber. Zwar sah er, dass ihr ganzes Leben selbstbestimmt war und es zu ihr passte, dass sie frei über ihr Ende bestimmen wollte. Doch gleichzeitig fühlte er schmerzvoll, dass es für sie nichts gab, was sie bis zuletzt an die Erde band, obwohl jede Minute kostbar war, obwohl es nicht richtig sein konnte, eine einzige zu versäumen.

»Versprichst du mir was?«, fragte sie.

»Vielleicht.«

»Wenn es so weit ist und ich es will, begleitest du mich dann?«

Sie lehnte sich an ihn. Er fühlte die Nässe durch seine Hose dringen. Ihr Rücken war halb aus dem Wasser erhoben und drohte abzukühlen. Mit der Hand schöpfte er warmes Wasser darüber, ohne etwas zu sagen, weil sie beide die Antwort kannten. Aber auch weil er noch nicht bereit war, darauf zu antworten, und er insgeheim hoffte, dass alles irgendwie gut werden würde.

18

Der Regen hatte sich erschöpft. Es war wieder hell und warm geworden. Die Steintreppen waren bis auf die moosbedeckten Ränder trocken, und die Blätter und Stiele, die durch den schwach strömenden Regen schwer geworden waren, hatten sich aufgerichtet und streckten sich mit einer frischen Leichtigkeit der Sonne entgegen.

Madame Janssen stand nachdenklich auf der Terrasse und blickte in den Garten. Monsieur Haslinger ging zu ihr, legte seine Arme um ihre Schultern und nahm ihren Körper in eine lange zärtliche Umarmung.

»Bringst du mich zum Meer?«, fragte sie.

Er wollte diese wunderbare Frau nicht loslassen, um irgendwohin zu gehen. Er wollte ewig so stehen bleiben und sie halten, weil jede Berührung noch wertvoller und noch kostbarer geworden war. »Ich packe nur ein paar Sachen«, sagte er dennoch, löste zögerlich die Umarmung und lächelte bedauernd, als sie gänzlich getrennt waren.

Er packte einen Rucksack. Danach half er Madame Janssen mit der Jacke, auch mit dem Seidenschal, den er ihr liebevoll um den Hals wickelte. Sie schloss die Augen und genoss seine Fürsorglichkeit, dann gingen sie los, ohne zu ahnen, dass es ihr letzter Strandspaziergang war.

Sie umgingen den Golfplatz am östlichen Rand. Abschnittsweise kamen sie den gepflegten Spielbahnen sehr nahe. Eine Handvoll Spieler waren auf den Fairways zu sehen. Man konnte ihre weiten Abschläge hören, auch das Surren eines elektrischen Golfwagens. Madame Janssen blieb stehen und beobachtete einen Mann beim Abschlag, holte Luft, sammelte Kraft, bis sie wieder weitergehen konnte. Schritt für Schritt, Meter um Meter.

An einer Kreuzung blieb Madame Janssen abermals stehen. Sie hatte Schmerzen, und Monsieur Haslinger sah es, wusste aber, dass er nichts dagegen tun konnte. Traurigkeit berührte ihn, und er versuchte dieses Gefühl gehen zu lassen und durch ein Gefühl der Dankbarkeit zu ersetzen. Das fiel ihm nicht leicht, und er war froh, dass die Schmerzen rasch vorüber waren und Madame Janssen etwas Überraschendes sagte, das ihn wohltuend ablenkte. »Ich würde gern meinen Bruder sehen.«

»Das ist eine gute Idee.«

»Vielleicht auch eine Freundin.«

»Ruf sie doch gleich heute Abend an.«

»Ja, das mache ich vielleicht.«

Sie erreichten die Promenade. Neben einem Geschäft, das Plastikbälle, Muscheln und getrocknete Seesterne verkaufte, blieben sie stehen und blickten auf den Strand. Ein paar Kinder liefen umher, hielten die Hände ins Wasser und spritzten einander lachend in die erhitzten Gesichter. Ein Hundebesitzer ließ seinen Labrador von der Leine, und auf dem Wasser waren Windsurfer zu sehen, die sorglos wirkten.

»Schaffen wir es bis zu den Dünen?«

»Wir versuchen es.«

Sie gingen die Treppen hinunter auf den Strand. Ein Schwarm Möwen flog auf und ließ sich vom Wind davontreiben. Der Sand war tief. Jeder Schritt fiel ihr schwer. Monsieur Haslinger bot ihr an, doch auf die Promenade zu wechseln, doch sie wollte nicht, sie ging stur weiter. Nur als sie einen malerischen Stein sah, blieb sie stehen und drehte ihn mit der Schuhspitze um, da sie wissen wollte, ob er auf der anderen Seite gleich schön war.

Bei der ersten Düne sah er, dass sie nicht mehr konnte. Er suchte eine Kuhle, wo sie vor dem Wind geschützt waren, aber trotzdem die Sonne genießen und das Meer sehen konnten. Darin breitete er die Stranddecke aus. Mit dem Rücken gegen den Sand gelehnt, legten sie sich in eine wohlig warme Umarmung.

Zusammen sahen sie aufs Wasser. Es war nicht glatt, sodass sich die Sonne darin undeutlich zeigte und ihr Spiegelbild von den Wellen in Abertausende Stücke gebrochen wurde.

»Erzählst du mir etwas über das Meer?«

»Vom Meer?

»Ja, bitte.«

»Vom Meer weiß ich nicht viel. Mit den Bergen kenne ich mich besser aus. Ich könnte dir aber etwas vorlesen.«

Er nahm ein Buch aus dem Rucksack, das er im Regal gefunden und für genau diesen Zweck mitgebracht hatte. Er hatte gedacht, der Autor wäre passend, schließlich war Stefan Zweig auch ein Österreicher, der einige Zeit an der belgischen Küste verbracht hatte.

Er begann vorzulesen. Mit seinem Französisch, das nicht so klar und schön war, wie es sein sollte, aber er bemühte sich.

Madame Janssen schien es zu gefallen. Jedenfalls lauschte sie mit geschlossenen Augen und einem Lächeln. Manchmal musste sie ihren Körper umlagern. Er machte eine Pause, und sie streckte die Knie durch und bewegte die Zehen, dann ging es ihr wieder besser, und er las weiter.

Einmal bat sie um einen Schluck Tee aus der Thermoskanne. Ein andermal fragte sie, ob er den Absatz wiederholen könne. Er las ihn nochmals und noch viele Seiten, und irgendwann war sie in einen sanften Schlummer geglitten.

Monsieur Haslinger bemerkte es, las aber weiter, um sie nicht zu wecken. Lediglich ein einziges Mal wagte er eine Unterbrechung und sah sie an: Die Haarsträhnen, die ins Gesicht gefallen waren. Die Fältchen in den Augenwinkeln. Die spröden Lippen, die dünn geworden waren. Sie sah müde aus, aber zufrieden, als wäre die Gelassenheit des Meeres an die Stelle von Schmerz und Kummer in ihre Seele eingezogen.

»Schlaf schön«, flüsterte er. »Schlaf schön.«

19

Als Monsieur Haslinger in der Nacht aufwachte, meinte er, dass er ihren Atem höre. Ein stetes, etwas schweres Ein- und Aushauchen. Er glaubte auch, das Bett sei warm von ihr und voll von ihrem Duft. Im Halbschlummer wälzte er sich zur Seite, um sie anzusehen und sie zu fragen, ob sie auch wach sei. Doch da war niemand. Madame Janssen war tot. Nur die Erinnerung an sie war lebendig. Und die tat ihm weh.

Vor allem wenn er sich nicht beschäftigte, nicht bewegte, nur dalag und an sie dachte, so wie eben. Dann war seine Trauer nicht auszuhalten. Deshalb stand er auf und ging in die Küche. Er trank einen Schluck Leitungswasser, lehnte sich an die Spüle, spielte unruhig mit dem Glas, trank noch einen Schluck und ging auf den Balkon, weil er hoffte, dass die kalte Brüsseler Winterluft sein glühendes Herz abkühlen konnte.

Doch die Nacht war nicht kalt. Sie war ungewöhnlich warm und hell. Die Bürgerhäuser, ihre Gärten, ihre Fassaden, die Dächer mit den Schornsteinröhren, alles war von den Sternen erleuchtet und klar umrissen. Auch die Terrasse von Madame Janssen.

Hier hatte sie gestanden, dachte er, und die Bilder, Farben, Töne und Gerüche jenes Tages standen ihm schlagartig vor Augen. Genauso wie dieses bittere Nie-wieder: Sie nie wieder sehen. Nie wieder neben ihr schlafen. Nie wieder ihre Hand halten. Nie wieder ihre Lippen küssen. Nie wieder neben ihr aufwachen.

Dabei hatte er noch nicht genug. Es hatte doch erst begonnen, dachte er und rechnete nach. Vor sieben Monaten hatte er sie zum ersten Mal gesehen. Und vor fünf Monaten waren sie nach Knokke gefahren. Damals meinte er, es würde etwas beginnen, nicht enden. Und nun? Nun war sie tot. Seit fünf Tagen. Seit Dienstag.

Sie hatte ihr tiefblaues Kleid angezogen und sich schön gemacht. Bevor sie losfuhren, packte sie zwei Koffer und stellte sie neben die Eingangstür, als würde sie nur verreisen und bald wiederkommen, um all die Gegenstände zurück an ihren Ort zu stellen.

Monsieur Haslinger verstand es nicht.

Um ihm und ihrem Bruder die Arbeit zu ersparen, hatte sie gemeint.

Er verstand es trotzdem nicht.

Gegen Mittag verließen sie das Haus. Es war kein schöner Tag. Der Wind blies kräftig von Westen. Trotzdem wäre Madame Janssen gern zu Fuß gegangen, aber das schaffte sie nicht, es war zu weit.

Sie nahmen ein Taxi und setzten sich auf die Rückbank, eng nebeneinander. Die ganze Fahrt über war Monsieur Haslinger ängstlich. Madame Janssen hingegen wirkte entschlossen. Zumindest hatte er kein Zögern, kein Zaudern in ihrem Blick erkannt. Sie schien überzeugt, mit dem Tod mehr zu gewinnen als zu verlieren. Nicht wie er, der das Gefühl hatte, nur zu verlieren.

Nachdem sie ausgestiegen war, hatte sie sogar noch gescherzt: »Jetzt kannst du mir deine ewige Liebe schwören. Es dauert ja nicht mehr lange. Und verraten kann ich es auch niemandem mehr.«

Er war gerührt von ihrem Humor, musste lachen, obwohl er voll Trauer war, die nicht zu ertragen war.

Der Arzt hatte seine Praxis in der fünften Etage. Der Raum war hell. Das Bett stand neben einem breiten Fenster, mit Blick über Knokke und aufs Meer. Madame Janssen sah nur kurz hinaus und setzte sich sogleich aufs Bett.

Monsieur Haslinger setzte sich zu ihr, hielt ihre magere Hand und küsste sie. Er küsste sie nochmals und nochmals und nochmals, weil er nicht wollte, dass es der letzte Kuss war.

Viel zu rasch fühlte sie sich bereit. Sie legte sich hin, und der Arzt kam. In Hochachtung für das Leben und den Tod stand er vor ihr und erkundigte sich nach ihrem Willen. Sie nickte, und während der Doktor begann, die Flüssigkeit zu injizieren, schenkte sie ihren letzten Blick Monsieur Haslinger.

Er fühlte eine unsagbare Zärtlichkeit. Er weinte, streichelte ihre Wange, streichelte ihr Haar, küsste sie auf die Stirn, sagte ihr, wie sehr er sie liebte, und wäre am liebsten mit ihr gestorben.

Dann ruhte ihre Seele.

Monsieur Haslinger blieb bei ihr, allein, ganz lange. Er berührte sie, küsste sie, betete und weinte, und zwischendurch war er froh, dass sie zufrieden aussah. Irgendwann stand er auf, faltete ihre Hände, schloss ihre Augen und blieb an ihrer Seite, bis zwei Männer sie von ihm wegtrugen.

Daran musste er jetzt denken, immer und immer wieder, bis der Wind durch die Esche rauschte und ihn aus seiner Erinnerung weckte.

Er blickte in den Himmel. Milliarden Sterne formten sich zu einer Galaxie, Milliarden Galaxien zum Universum, und unendlich viele Atome formten alles Leben darin. Atome, die niemals starben, die sich mit dem Tod nur verflüchtigten und mit Gottes Hand wieder Neues formten – etwas Wunderschönes mit Sinn und Wert. Vielleicht ein Blatt, einen Baum, eine Blume, dachte Monsieur Haslinger, und für einen Moment war ihm, als nähme das Leben einen neuen Anlauf. Gerade jetzt, in diesem Moment.

Dank

Der Autor dankt Florian Atzmüller, Monika Boese, Claudia Brendler, Claas Cordes, Lisa-Marie Dickreiter, Caroline Donnermeyer, Alexandra Ehrenhauser, Barbara Gallist, Andreas Götz, Gisela Gross, Martin Hielscher, Sandra Hoffmann, Günther Hoppenberger, Johannes Knierzinger, Maria Knissel, Xenia Kommer, Markus Michalek, Tina Ottl, Sacha Piehl, Christine Rechl, Katrin von Rudloff, Heike Schäfer und Wolfgang Severin.

»Wenn das Leben dich abwirft, ruf an. Ich bin da und höre dir zu.«

Nachts lauscht Dumont den Stimmen einsamer Menschen. Er ist ehrenamtlicher Telefonseelsorger, bis der Anruf einer Frau ihn tief berührt, und er um eine Auszeit bittet. Von Brüssel aus macht er sich auf den Weg in das südfranzösische Antibes, um der Spur der Unbekannten zu folgen. Dumont ahnt nicht, dass die Reise an die Côte d'Azur seinen Maßstab für Richtig und Falsch bald schmerzhaft in Frage stellt. Eine Geschichte über das Unmaß der Liebe.

Martin Ehrenhauser
Unsere Suche nach Zärtlichkeit
Roman

Hardcover mit Schutzumschlag
www.ullstein.de

List

»Eine begnadete Erzählerin«The New York Times

Elle Bishop geht hinunter zum See. Alle Sommer ihres Lebens hat Elle im Papierpalast verbracht, dem Ferienhaus ihrer Familie. Hier hat sie sich zum ersten Mal verliebt, Freundschaft und Schmerz erlebt, hier kam ihre Familie zusammen, brach auseinander, fand sich neu. Inzwischen ist Elle fünfzig, hat Kinder und einen liebevollen Ehemann. Und doch ist eine Erinnerung in ihr lebendig, die sie gut gehütet glaubte. Seit der Mann, den sie schon ihr ganzes Leben lang liebt, gestern auf sie zukam. Elle springt ins Wasser, sie muss sich entscheiden: Gehen oder bleiben?

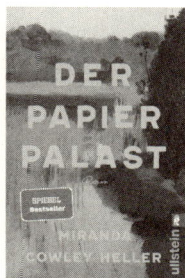

Miranda Cowley Heller

Der Papierpalast

Roman

Aus dem Englischen von Susanne Höbel
Taschenbuch
Auch als E-Book erhältlich
www.ullstein.de

ullstein

»Mit furiosem Einsatz durch alle Fegefeuer des hausfraulich-mütterlichen Perfektionswahns.«Der Spiegel

In einem schmuddligen Provinztheater verliebt sich die Regieassistentin Tanja Merz in den zwanzig Jahre älteren Dirigenten Edgar. Über Nacht verlässt sie das Theater und zieht in das Reihenhaus des Dirigenten ein. Tanja wird schwanger. Schockiert von der Frühgeburt ihrer Tochter nimmt sie den ärztlichen Rat, penibel auf Sauberkeit zu achten, todernst. Während Edgar durch die Welt jettet und das Baby im Brutkasten um sein Leben ringt, fängt Tanja an, gegen den Schmutz zu kämpfen. Endlich darf sie das Kind ins keimfreie Haus holen. Auch Edgar kehrt heim. Die Familie ist komplett. Das Desaster nimmt seinen Lauf.

Katja
Oskamp

Die Staub-
fängerin

ROMAN

ullstein

Katja Oskamp
Die Staubfängerin
Roman

Taschenbuch
Auch als E-Book erhältlich
www.ullstein.de

ullstein

»Towles ist ein Meistererzähler.«
New York Times Book Review

1922. Ein Moskauer Volkskommissariat verurteilt Graf Alexander Rostov zu lebenslangem Hausarrest. Er sei moralisch so korrupt wie die ganze begüterte Klasse. Rostov, ein junger Mann und doch Gentleman alter Schule, wohnt im Hotel Metropol. Das geschichtsträchtige Haus wird die nächsten Jahrzehnte seine Welt. Nichts kann seine Höflichkeit und seinen Optimismus erschüttern. Bis er für das Glück eines anderen handeln muss. Ein ungewöhnliches Leben voller Menschlichkeit und das Panorama einer ganzen Epoche.

Amor Towles

Ein Gentleman in Moskau

Roman

Aus dem Amerikanischen von Susanne Höbel
Klappenbroschur
Auch als E-Book erhältlich
www.ullstein.de

ullstein

Zwei Frauen. Zwei Welten. Eine Freundschaft.

Konstanze ist die wandelnde Perfektion: Die Herzchirurgin, Ehefrau und Mutter hat ihre Familie, ihren Alltag, ihr Bindegewebe, den OP-Plan und sogar das Unkraut im Garten fest im Griff. Die viel zu hell blondierte Glitzernudel Jacqueline dagegen improvisiert sich mehr schlecht als recht durch ihr Leben zwischen vier Minijobs und drei Kindern. Ausgerechnet diese beiden Frauen werden Zimmergenossinnen in der orthopädischen Rehaklinik. Eine explosive Mischung in körperlicher Ruhelage. Während die Knochen heilen, verändert sich in Zimmer 233 alles.

Astrid Ruppert
Ziemlich beste Freundinnen
Roman

Taschenbuch
Auch als E-Book erhältlich
www.ullstein.de

ullstein